살리는
일

동물권 에세이

# 살리는
# 일

박소영 지음

MUZE

여는 글

시작은 2016년 6월이었다. 고양이 한 마리를 반려동물로 들이면서 내 삶은 통째로 바뀌었다. 집 앞 고양이들을 모른 척할 수 없어 밥을 주기 시작했고, 아픈 고양이들은 구조해 치료했다. 버려진 고양이에게 새 가족을 찾아주기도 했다.

캣맘으로 살던 나의 시야에 개들이 들어온 건 비교적 최근의 일이다. 밥을 챙겨주던 개들이 식용 농장으로 팔려 간 날, 처음으로 개를 구조했다. 그날 알았다. '내가 평생 이 일을 하며 살겠구나.'

누군가를 사랑하는 일은 '살리는 일'이라고 생각한다. 밥을 먹이고, 고통으로부터 보호하고, 마음의 상처를 보듬는 일. 새 힘을 주고 앞으로 나아가게 하는 일. 작은 힘이나마 누군가를 위할 수 있다는 것에 감사하며, 앞으로도 '살리는 삶'을 살고 싶다.

여는 글

동물들을 돌보다 몸과 마음이 지치면 책과 영화 속으로 숨었다. 어떤 책은 꺾인 내 무릎을 펴주었고, 어떤 영화는 조금 더 걸을 수 있게 등 뒤에서 나를 밀어주었다. 그 과정에서 깨달은 것은 예술 역시 누군가를 '살리는 일'이라는 것이었다. 좋은 예술 작품은 우리를 살게 하고, 때때로 더 낫게 살게 한다. 책 중간중간 예술 이야기를 담은 건 그래서다.

출간을 앞두고 고민이 깊었다. 결코 즐겁지 않은 이 이야기가 읽는 이의 마음을 무겁게 하지 않을까 걱정스러웠다. 글 여기저기 배어 있는 슬픔과 분노에 독자가 지치지 않을까 두렵기도 했다. 하지만 '살리는 일'을 주제로 책을 쓰기로 한 이상, 읽는 이의 마음의 짐을 덜기 위해 내 고민을 숨길 수는 없었다. 부디 괴로운 독서가 되지는 않았으면 하는 바람이다.

책을 내자고 제안해주고, 기꺼이 편집자가 되어준 박정민에게 먼저 감사의 인사를 전하고 싶다. 묵묵히 응원해준 오랜 연인에게도 고마운 마음이다. 내게 문장의 씨앗을 심어준 엄마, 의심하는 법을 가르쳐준 아빠에게도 이 자리를 빌려 사랑한다고 말하고 싶다. 이 책의 거의 모든 페이지는 동생 박수영과 함께 쓴 것이다. 심지어 어떤 글은 통째로 그의 문제의식에서 출발한 것이나 다름없다. 늘 놀라운 생각과 판단으로 나를 채찍질하는 동생에게 사랑과 존경을 보낸다.

돌이켜보면 난 참 이기적인 사람이었다. 늘 내가 먼저였고, 가족이 우선이었다. 타인의 고통에 무감했다. 그런 내게 동물들은 다른 눈으로 세상을 보는 법을 가르쳐주었다. 동물들이 나를 살렸다.

2020년 늦은 가을
박소영

목차

―――――――

## 여기 캣맘이 있다

## "나는 동물권 옹호자입니다"

## 살리는 예술

## 여름날의 개들

## 다시, 동물권

여기 캣맘이 있다

# '석수'

✳

우리 집 둘째 고양이의 이름은 '석수'다. 석수역에서 구조해 이런 이름이 붙었다. 처음 석수를 본 건 2017년 겨울이었다. 그날 석수는 역 앞 노점상 근처에 몸을 웅크리고 앉아 있었다. 길고양이는 대개 사람을 무서워해, 인파가 북적이는 곳엔 나와 있지 않는 터라 처음 석수를 본 나는 적잖이 놀랐다. 동그란 몸에 짧은 다리, 순한 눈을 가진 아이. 사람에 대한 거부감이 별로 없는지 석수는 내가 가까이 가도 피하지 않았고, 오히려 내게 다가와 몸을 비볐다. 노점상 아저씨 말로는 멀리 사는 캣맘이 종종 들러 사료를 맡겨놓고 간다고 했다. 밥을 챙겨주는 건 아저씨였다.

밥을 주는 분이 있어 다행이다 싶었지만 아무래도 환경이 걱정스러웠다. 전철역 앞이다 보니 출퇴근하는 사람이 많았고, 바로 앞이 차도여서 위험천만해 보였다. 게다가 역사 앞은 늘 쓰레기와 먼지로 가득했다. 구석진 곳에 노상방뇨를 하는 중년 남성들, 구토하는 취객을 본 것만도 여러 번이어서 이런 곳에서 과연 고양이가 살 수 있을지 의심스러웠다. 석수는 흰색·노란색·검정색 세 가지 색 털이 섞인 삼색 고양이였지만, 흰색 털은 이미 회색에 가깝게 변해 있었다. 아이를 두고 마을버스를 타려는데 발길이 떨어지지 않았다.

그날 이후 나는 출퇴근길마다 석수를 찾았다. 석수가 잘 있는 것을 확인하면 그제야 안심이 됐다. 물이 순식간에 얼어버릴 정도로 추운 날씨여서 석수를 만날 때마다 따뜻한 물을 따라주었다. 석수가 작은 혀를 날름거리며 '찹찹' 물을 마시는 모습을 보면 마음이 놓였다. 간혹 아이가 보이지 않는 날에도 꽁꽁 언 물을 새것으로 갈아놓곤 했다.

하루는 출근길 마을버스에서 내렸는데 일찍부터 석수가 나와 있었다. 나를 알아본 석수가 내 쪽으로 걸어오려고 하는 순간, 할아버지 한 분이 짚고 있던 지팡이로 바닥을 탁 하고 내리쳤다. 고양이가 앞길을 막는다고 생각한 모양이었다. 지팡이 소리에 놀란 석수는 곧장 구석으로 숨어들었다. 다행히 아이는 금방 진정된 것 같았지만, 나는 그날 내내 기분이 좋지 않았다. 내가 지켜보지 못하는 동안에도 석수가 이런 순간을 수도 없이 통과할 것이라고 생각하면 마음이 아팠다.

그 일이 있고 얼마 지나지 않아 동생과 나는 석수를 구조했다. 한여름이던 어느 날 석수는 다른 고양이에게 공격당한 채 앓고 있었다. 몸에선 지린내가 심하게 났고, 오른쪽 엉덩이에선 누런 고름이 쏟아져 나오고 있었다. 통증이 심해 앉은자리에서 소변을 본 것이었다.

우리는 석수를 차에 태우고 동물병원으로 달렸다. 상처를 본 수의사는 한번 물린 곳을 다시 물려 문제가 된 것 같다며, 즉시 수술해야 한다고 했다. 상처는 생각보다 깊었다. 조금만 더 늦었으면 자칫 목숨이 위험했을지도 모르는 상황이었다. 석수는 상처 부위에 배농관을 삽입하고 오랜 시간 고름을 빼내야 했다. 수의사는 이런 아이는 야생으로 돌아가면 다시 공격받게 되어 있으니 돌려보내지 않는 편이 좋을 거라고 했다.

그제야 모든 퍼즐이 풀렸다. 석수는 사람을 무서워하지 않는 게 아니라 사람보다 고양이를 더 무서워했던 것이다. 그래서 다른 고양이들이 자신에게 접근하지 못하도록 늘 사람 가까이에 있었고, 사람이 많이 다니는 곳에서 잠을 청했다. 중성화수술 이후 야생성을 완전히 잃은 석수에게 길은 곧 전쟁터나 다름없었을 것이다. 그것도 모르고 나는 석수가 사람을 잘 따르는 대범한 고양이라고 생각했다.

고양이를 잘 안다고 자신했던 스스로가 우스웠다. 이후 알게 된 사실이지만, 길고양이는 길에서 자신의 성격을 모두 드러내지 않는다. 생존을 위해 잘 모르는 사람에게 음식을 구하기도 하고, 다가가 비비며 친화력을 발휘하기도 한다. 그러나 주위 환경이 안정적으로 바뀌면 조금씩 본래 성격을 드러낸다.

나와 함께 산 지 2년여 지난 지금, 석수는 현관문 밖에서 낯선 사람 목소리만 들려도 집안 깊숙이 숨는 겁쟁이다. 길에서 살 때 사람들 재채기 소리에 자주 놀랐는지, 재채기 비슷한 소리만 들려도 두려워하며 눈을 질끈 감는다. 좋고 싫은 것도 명확해졌다. 길에선 늘 아스팔트 바닥에 앉아 있었는데 지금은 이불 없이는 잠을 자지 못한다. 하루에도 몇 번씩 세수하는 모습을 보면 그 지저분한 역 근처 환경을 어떻게 참고 견뎠을까 싶어 마음이 저릿하다.

예전과 달리 스킨십도 좋아하지 않는다. 내킬 때만 다가와 애교를 부리고, 귀찮을 때는 고개를 휙 돌려 확실하게 거절한다. '야옹' 소리 한 번 크게 내지 않던 아이가 이제는 수다쟁이가 다 되었다. 무엇보다 석수에게 이렇게나 다양한 표정이 있었다는 것을, 나는 구조를 하고 나서야 알았다.

아마도 많은 고양이들이 석수와 다르지 않을 것이다. 팍팍한 길 위의 삶에 적응하기 위해 무언가는 삼키고 무언가는 숨기고 살아갈 것이다. 지금도 곳곳에 그런 고양이들이 있다고 생각하면 마음이 무겁다. 그래서 나는 오늘도 또 다른 석수에게 손 내밀 준비를 하고 있다.

# 겨울

✻

겨울이 다가오니 다시 조바심이 난다. 혹독했던 지난해 감각이 아직 생생하기 때문이다. 지난해와 그전 해 겨울을 어떻게 지나왔는지 나는 똑똑히 기억하고 있다.

겨울철엔 길고양이들에게 밥을 주는 게 여느 때보다 몇 배는 힘들다. 캔 사료와 물은 내놓자마자 얼어버리기 일쑤이고, 건사료마저 차갑게 굳는다. 핫팩을 넣어 방한용 물그릇을 만들어보지만 역시 오래 버티지 못한다. 최후의 수단은 새벽 알람을 맞추고 나가 직접 물을 갈아주는 것이다. 수고스럽고 번거로운 일이지만 겨우내 칼바람을 견뎌야 하는 고양이들을 지켜보는 것만큼 힘들지는 않다.

몇 년 전 우리 동네엔 태어난 지 얼마 안 된 검은 고양이가 있었다. 동생과 나를 캣맘으로 만든 바로 그 고양이, 작은 까망이다. 까망이는 멀리서도 나와 동생을 잘도 알아봤다. 영하 15도를 넘나드는 날씨에도 우리가 근처에 가면 어김없이 집에서 뛰쳐나와 등을 비비며 뒹굴었다. (우리가 만들어준 길고양이용 겨울집이 있었다.) 꽁꽁 언 바닥에 몸이 닿는 게 안쓰러워, 하지 말라고 손짓을 해도 소용없었다.

문제는 까망이를 두고 집에 들어가는 것이었다. 내가 한 걸음을 뗄라치면 까망이는 꼬리로 내 한쪽 다리를, 또 한 걸음 걸을라치면 반대쪽 다리를 감아왔다. 조금 더 오래 같이 있고 싶다는 표현이었을 것이다. 동생과 나는 손발이 굳고 귀가 얼 때까지 밖에 있는 날이 많았다. 까망이를 두고 집으로 들어가며 우리는 매일 울었던 것 같다. 무엇보다 우리에겐 들어가 쉴 곳이 있었다.

내가 따뜻한 집에서 몸을 녹일 동안 까망이가 밖에서 긴 밤을 버텨야 한다고 생각하면 견디기 힘들었다. 나는 내가 인간이라는 사실에 송구함을 느꼈다.

더위가 극심하던 8월 어느 날로 기억한다. 출근길 지하철에서 책을 읽다 덜미를 잡혔다. 최은영의 『내게 무해한 사람』 속 「아치디에서」였다.

"그렇게 추운 날 내리는 비를 온몸으로 다 맞으며 한 발자국도 움직일 수 없는 말. 하민은 말이 아니라 인간이었고, 그렇게 추운 날 움직이지 못하고 떨며 비를 맞지 않아도 됐다."

참을 수 없이 눈물이 났다. 까망이와, 까망이 이후 나와 동생이 돌보고 있는 길고양이들이 차례로 떠올랐다. 비인간 동물로 태어났다는 이유로 여름철엔 더위를, 겨울철엔 추위를 온몸으로 받아내야 했다. 나는 벌게진 눈으로 이 구절을 사진 찍어 동생에게 보냈다. 이 문장을 부여잡고 우리는 몇 달을 살았다.

소설가 최은영에 대한 호감이 인간 최은영을 향한 동지의식으로 바뀐 건 최근의 일이다. 그의 새 책『몫』을 읽고서다.

"글이라는 게 그렇게 대단한 건지 모르겠어. 정말 그런가… 내가 여기서 언니들이랑 밥하고 청소하고 애들 보는 일보다 글 쓰는 게 더 숭고한 일인가, 그렇게 대단한 일인가 누가 내게 물으면 난 잘 모르겠다고 답할 것 같아."

김이 올라오는 커피를 마시며 이 글을 쓰는 지금도 나는 생각한다. '자판을 두드리고 있을 시간에 나가서 한 마리라도 더 살려야 하는 것 아닌가', '어딘가에 밥을 기다리는 아이가 또 있을지 모른다.' 이 하잘것없는 글이 아이들에게 밥 주고 물 주는 것보다 가치 있는지, 나는 여전히 결론 내지 못했다.

# 캣맘 1

✳

길고양이들에게 밥을 주러 나온 어느 날, 급식소 근처에서 그릇 하나를 발견했다. 안에는 육개장 같은 매운 국물에 말아놓은 밥이 담겨 있었다. 고양이에겐 사람이 먹는 대부분의 음식이 위험하지만 간이 되어 있는 자극적인 음식은 특히나 위험하다. 고양이를 싫어하는 누군가가 부러 해로운 음식을 가져다놓았구나 싶어 순간 화가 났다. 주변을 지나는 사람들이 모두 잠재적 범인으로 보였고, 나는 경계하며 국밥을 치웠다.

그날 밤, 잠이 오지 않았다. 오늘은 어찌어찌 위기를 넘겼지만 내일도 같은 사람이 음식물 쓰레기를 버리러 올지 모른다고 생각하니 불안했다. 경고 문구라도 적어 붙여놓아야 하나 고민하던 찰나, 어쩌면 내 짐작이 틀렸을지도 모른다는 생각이 들었다. 만일 누군가 고양이에게 먹을 것을 주고 싶어 두고 간 것이라면? 주어서는 안 될 음식이었을지언정 선의였다면? 행동의 동기를 알 수 없는 상황에서 모든 사람을 적으로 돌릴 순 없었다. 고양이를 가엾게 여긴 누군가가 마음 쓴 것이라고, 애써 좋은 쪽으로 생각하기로 했다. 생각을 바꾸자 마음이 편해졌다.

다음 날부터 나는 길고양이 급식소에 밥을 놓으러 갈 때마다 뛰는 심장을 부여잡아야 했다. 혹여 누군가 '음식물 선행'을 베풀지는 않았을지, 베풀었다면 그 결과를 어떻게 감당해야 할지 걱정스러웠다. 밥을 주러 나갈 시간이면 걷잡을 수 없이 초조해졌고, 멀리 그곳이 보이면 신경이 곤두섰다.

한 달쯤 지난 어느 날 저녁밥을 주러 나간 나는 좌절하고 말았다. 급식소 바로 옆에서 누군가의 '대변'을 발견한 것이다. 고양이 배설물이라기엔 크기가 커서 처음엔 산책하던 개의 소행인 줄 알았다. 그러나 아무리 덩치 큰 개라도 배설할 수 있는 양엔 한계가 있었다. 인정하고 싶지 않았지만 명백한 '사람의 것'이었다. 밥을 먹으러 온 고양이들이 밟지 않도록 얼른 치워야 했지만, 차마 자신이 없었다. 나는 급하게 주위를 물색해 신문지 뭉치를 찾았다. 장갑을 끼고, 신문지로 그것을 잡아 떨어질세라 조심조심 풀밭으로 옮겼다. 미생물들이 활발히 움직여 얼른 그것의 형체를 무너뜨리기를 기대하며.

고양이 급식소에 대변이라니, 당황스러워서 화도 나지 않았다. 만취한 사람이 자기 집 화장실로 착각하고 볼 일을 본 것일까? 화장실을 찾을 여력이 없을 정도로 급했던 걸까? 동생과 머리를 맞대고 이런저런 시나리오를 궁리해보았지만 어떤 것도 납득이 가지 않았다. 무엇보다 급식소 가까이엔 가로등이 있어 주위가 밝았다. 다시 말해 급식소 주변은 '몰래' 일을 처리하려고 마음

먹은 사람이 선택할 수 있는 곳이 아니라는 뜻이다. 우리는 누군가 작정하고 이곳에 변을 투척한 것이라고 결론 내릴 수밖에 없었다. 악의를 품고 행동에 돌입한 사람을 막을 방도가 우리에겐 없었다.

이후 나의 경계는 한층 삼엄해졌다. 급식소 주변을 지나가는 사람들의 표정을 유심히 보았고, 혹시라도 누가 다가와 호통을 치진 않을까 늘 주눅 들어 살폈다. 다행스럽게도 이후 얼마간은 아무 일도 일어나지 않았다. 팬티를 발견하기 전까지는.

대변이 있던 자리에 놓인 남성용 삼각팬티를 본 순간, 나는 너무 놀라 아무 말도 할 수 없었다. 그때 그 사람이 용변을 보고 벗어두고 간 팬티가 바람에 날아갔다 돌아온 걸까? 누군가 소변을 보고 팬티를 버리고 갔을지도 모른다는 생각에 주변을 탐색해보았지만 소변 냄새는 나지 않았다. 악의인지 그저 실수일 뿐인지 도무지 분간할 수 없었다. 실수라고 하기에는 들고 가던 팬티를 이

여기 캣맘이 있다

곳에 떨어뜨릴 확률이 높지 않아 보였고, 악의라고 하기에는 하고많은 물건 중에 왜 하필 팬티인지 이해할 수 없었다. 과장을 조금 보태면 이 시기 나는 살면서 팬티를 가지고 할 수 있는 상상이란 상상은 다 해본 것 같다.

'위험성'으로 치자면 확실히 팬티는 대변보다 덜 치명적이었지만, '범인의 의도'를 파악할 수 없다는 것이 나를 괴롭게 했다. 결국 국밥도, 대변도, 팬티도 모두 수수께끼로 남았다.

이후 나는 캣맘이 된다는 것은 어쩌면 매일 다른 수수께끼와 마주하는 일일지도 모른다고 생각하게 되었다. 오늘도 나는 한 손엔 사료 봉지를, 다른 손엔 무엇이든 주워 담을 수 있는 빈 봉지를 들고 집을 나선다.

# 캣맘 2

✳

멀리서 트럭 한 대가 다가와 멈춰 섰다. 집 근처 공원에서 동생과 길고양이 밥을 챙기고 있을 때였다. 안에는 50, 60대로 보이는 중년 남성 네댓 명이 타고 있었다. 순간 우리가 통로를 막았구나 싶어 재빨리 앞길을 터주었다. 그런데 그중 한 분이 트럭에서 내려 우리에게 다가오더니 공원에 고양이들을 버린 사람이냐고 물었다. 무슨 말인지 이해가 안 가 되묻자, 이번엔 반말로 답이 돌아왔다. "저기 있는 고양이들, 아가씨들이 버린 거냐고?" 나는 당황한 나머지 "이 고양이들은 원래 이곳에 살던 아이들이며, 우리는 단지 밥을 챙겨주는 사람일 뿐"이라고 설명했다.

아저씨는 화가 난 것 같았다. 평소 유기동물 문제에 관심이 많은 것인지, 아니면 주위에서 반려동물을 유기하는 사람이라도 본 건지 알 수 없었다. 순식간에 동물 유기범으로 오인된 것이 억울하긴 했지만, 질문의 배경을 짐작할 수 없으니 그저 어안이 벙벙한 채 서 있을 수밖에 없었다. 그 순간 아저씨가 회심의 한 방을 날렸다. "요즘 반려동물 버리는 사람이 워낙 많으니까. 그렇게 고양이들 챙길 시간 있으면 집에 가서 부모님이나 좀 챙겨."

그제야 이해가 갔다. 동물 유기는 그저 구실이었을 뿐, 아저씨는 어떻게든 우리를 비난하고 싶었던 것이다. 순간 속에서 뜨거운 것이 솟구쳤지만, 분노는 단어로 정제되어 나오지 않았다. 나는 제대로 대꾸조차 하지 못했다. 정신을 차리고 보니 아저씨는 어느새 차에 올라타 떠날 채비를 하고 있었다.

길고양이에게 밥 주는 것을 우습게 여기는 그의 무지

에 우선 화가 났다. 부모를 챙기는 것은 중요하고, 고양이를 챙기는 것은 하찮은가? 고양이 밥을 주는 사람은 모두 부모와 관계가 소원한가? 부모를 '챙긴다'는 건 또 어떤 의미인가? 아저씨는 자신이 본 단 하나의 장면으로 내 인생을 규정하고 평가했다. 그에게 나는 평일 낮시간에 공원에 나와 고양이나 돌보는 한심한 젊은 여성, 부모 속이나 썩이는 '불효녀'*였다.

하지만 그가 나를 어떻게 판단하든 상관없었다. 누구나 타인에 대해 이런저런 생각을 품을 수 있고, 일면만 보고 그 사람을 안다고 착각할 수도 있다. 그러나 본인의 생각을 입 밖으로 꺼낸 그 무례함에는 화가 났다. 내가 어떤 삶을 살든 내 삶에 대해 훈계할 자격이 그에게는 없었다.

집으로 돌아오는 내내 뱃속에서 무언가 꿈틀거리는 것

---

✽ 작은따옴표를 단 것은, 가부장제를 강화하는 전통적 의미의 '효' 개념에 동의할 수 없기 때문이다.

같았다. '이렇게 맞받아쳤어야 했는데', '아냐, 이렇게 말할걸' 하는 후회가 밀려들었다. 그러나 그 어떤 것도 내가 할 수 있는 말은 아니었다. 나는 말과 행동을 하기 전에 자신을 검열해야 하는 '캣맘'이었다. 작정하고 되받을 경우, 아저씨가 고양이들을 해코지하거나 밥그릇을 없애버릴지도 모른다. 그렇다면 따끔하게 일침을 가하면서도 고양이들에게 해가 가지 않을 정도로 발언 수위를 조절할 수 있어야 했는데, 절망스럽게도 내게는 그런 능력이 없었다.

그간 당해온 온갖 비난과 다양한 종류의 맨스플레인이 스쳐 지나갔다. 나는 동생에게 "이제는 멀리서 아저씨들이 걸어오는 것만 봐도 호흡이 가빠진다"고 하소연했다. 그러자 동생이 체념한 듯한 표정으로 답했다. "페미니스트로서 정체성은 캣맘으로서 정체성 앞에서 번번이 꺾일 수밖에 없다"고. 나는 힘없이 그 말을 인정해야 했다. 그렇게 오늘도, 인간 박소영은 캣맘 박소영 앞에 무릎을 꿇었다.

# 후디 이야기

❋

1.

유난히 추웠던 3년 전 겨울, 동생은 구내염이 있는 길고양이를 돌보고 있었다. 이름은 후디. 턱 밑으로 침을 떨어뜨리는 모습이 꼭 후드티를 입은 것처럼 보여서 지은 이름이다. 후디는 입병을 앓고 있었지만 누구보다 활기차고 씩씩했다. 밥도 잘 먹었고, 사람에 대한 거부감도 없어서 우리는 금세 가까워졌다.

그런데 시간이 흐를수록 후디가 밥을 먹을 때마다 괴로워하는 횟수가 잦아졌다. 흘러나오는 침의 양이 많아졌고, 입이 불편해서 세수도 잘 못 하는 것 같았다. 사료가

입안 염증에 닿을 때면 후디는 앞발로 땅바닥을 치며 아파했다. 나와 동생은 후디를 더 이상 두고 볼 수 없어 유명하다는 치과 병원을 수소문하기 시작했다.

후디의 상태를 살펴본 수의사는 입양이 결정되기 전에 섣불리 치료를 시작해선 안 된다고 했다. 구내염 치료법은 이를 모두 뽑는 '전발치'뿐인데, 발치를 한다 해도 염증이 재발할 가능성이 높기 때문에 언제라도 재치료에 들어가려면 가까이에서 상태를 지켜봐야 한다는 것이다. 당시 우리는 또 다른 고양이를 집에 들일 수 있는 상황이 아니었다. 수의사는 우선 약을 지어줄 테니 입양자를 찾을 때까지 그것을 먹이라고 했다. 그날 이후 동생은 후디 약을 타러 광명에서 한남동까지 이틀에 한 번꼴로 다녀왔다.

무엇보다 급한 것은 후디를 입양할 사람을 찾는 것이었다. 맘씨 좋은 분이 나타나 후디를 가족으로 맞아준다면, 치료 비용은 어떻게든 마련해볼 수 있을 것 같았다.

그러나 몸이 아픈 성묘를 선뜻 입양하겠다고 나서는 사람은 없었다. 그동안 동생은 후디의 구내염 악화를 막아보겠다고 아등바등했다. 하지만 길고양이에게 하루두 번, 12시간 간격을 지켜 약을 먹인다는 것은 현실적으로 불가능에 가까웠다. 후디가 모습을 드러내지 않는 날도 많았고, 운 좋게 얼굴을 보여준 날도 약을 들고다가가면 숨어버리기 일쑤였다. 이른 저녁 약 먹이기에실패하면 동생은 새벽에도 일어나 밖으로 나갔다. 영하20도를 오르내리는 날씨에 밖에서 세 시간 남짓 후디와씨름하는 날도 있었다. 한 번쯤은 약을 걸러도 괜찮지않겠느냐고 만류해도 동생은 듣지 않았다. "해줄 게 이것밖에 없으니, 약 먹이는 시간이라도 지키겠다"는 것이었다.

나는 당시 사회부에 소속돼 경찰서를 출입하고 있었다. 매일 사건사고를 취재하거나 기획 기사를 만드느라 지쳐, 퇴근 후 집에 돌아오면 자리에 앉기 무섭게 곯아떨어졌다. 동생이 홀로 분투하고 있다는 것을 알면서도 할 수 있는 게 별로 없었다. 전화기 너머로 후디의 건강 상태를 전해 들으며 동생을 위로하는 것이 그 무렵 내가 했던 거의 전부였다.

날씨가 조금씩 풀리던 2월 어느 날, 동생은 내게 전화해 후디가 밥을 먹지 않는다고 말했다. 평소 후디가 좋아하던 캔 사료를 들고 쫓아다녀보아도 조금도 입에 대지 않는다며, 아무래도 병원에 데려가야 할 것 같다고 했다. 지독히 추웠던 겨울을 나느라 힘이 들었던 걸까. 후디는 기력 없이 처져 있었다.

진료를 마친 수의사는 후디의 상태가 매우 좋지 않다고 했다. 구내염으로 위와 식도가 상한 것도 문제였지만, 그보다 심각한 것은 간이나 신장 같은 다른 장기의 상태였다. 당장이라도 치료에 들어가야 했지만 후디의 컨디션이 받쳐주지 않았다. 나이가 좀 있는 데다 며칠간 밥도 제대로 먹지 않아 무리하게 치료했다가는 더 안 좋은 결과를 불러올 수 있다고 했다. 수의사는 우선 영양 보충을 하며 후디의 컨디션이 어느 정도 회복되기를 기다려보자고 말했다. 그 일주일이 나와 동생에게는 어느 때보다 길었다.

수액이 들어가고 상황이 안정되면 밥을 먹을 줄 알았던 후디는 그러나, 삶을 포기라도 한 것처럼 요지부동이었다. 동생이 애걸하며 쓰다듬으면, 그 마음을 읽기라도 한 듯 맑은 눈으로 가만히 동생을 응시했다. 우리가 병실에 들어가면 힘없는 몸을 일으켜 잠시라도 알은체를 했다. 그러나 그런 와중에도 밥은 먹지 않았다. 수의사는 "이제 그만 아이를 보내주어야 할 것 같다"고 했다.

동생과 나는 너무 늦지 않게 후디를 떠나보내기로 결심했다. 수의사 말처럼 회복을 바라며 부여잡고 있는 것이 어쩌면 후디를 더 힘들게 하는 건지도 모른다는 생각이 들었다. 그러나 회사 일이 문제였다. 마지막을 함께하겠다는 내 욕심으로 후디를 더 버티게 할 수는 없었다.

후디는 그렇게 동생이 홀로 지켜보는 가운데 조용히 떠났다. 후디가 어떻게 마지막 숨을 쉬었는지, 그리고 어떻게 멈추었는지, 동생이 후디에게 마지막으로 해준 말은 무엇이었는지를 나는 이번에도 수화기 너머로 들었다. 휴대폰이 다 젖도록 운 것은 그때가 처음이었다.

후디를 보낸 뒤에도 우리 일상은 크게 달라지지 않았다. 동생과 나는 후디가 살아 있을 때처럼 자주 후디 이야기를 했고, 간혹 예전 추억을 곱씹으며 웃기도 했다. 후디가 쓰던 급식소와 겨울집도 한동안 치우지 않고 두었다. 후회와 미안함이 가라앉을 때까지, 그래서 깨끗한 마음으로 보내줄 수 있을 때까지 조금만 시간을 가지기로 했다.

그렇게 보고 싶은 마음도 잠잠해질 무렵, 영화 '코코'가 개봉했다. 살아 있는 사람이 기억해준다면, 먼저 떠난 이들도 죽은 자들의 세상에서 행복할 수 있다는 이야기. 우리는 누군가의 기억에서 잊힐 때 비로소 죽는다는 이야기. 내게 이 영화는 그대로 '후디'였다. '리멤버 미 Remember me'로 시작하는 노래의 가사는 곧, 자신을 기억해주겠느냐고 묻는 후디의 목소리 같았다. 영화를 보는 내내 마음이 아팠다. 곁에 있을 때 지켜주지 못했지만, 기억함으로써 후디를 살아가게 하겠다고 결심했다.

어떤 사랑이 이런 영화를 만들게 했을지를 상상했다. 소중한 이가 이 세상에선 떠났을지언정 어딘가에 살아있길 바란 사람이겠지. 남은 이가 기억하기만 한다면 떠난 이가 행복할 것이라고, 그렇게 자기에게 작은 책임이나마 더 지우고 싶었던 사람이겠지. 그런 사람이 만든 영화이기에 '코코'는 사랑하는 존재를 떠나보낸 모든 이에게 위로가 되었을 것이다.

책의 한 구절을 떠올렸다. "누군가를 기억하는 가장 중요한 방법은 그들이 형성하도록 도와준 나의 모습으로 살아가는 것이다."마크 롤랜즈 『철학자와 늑대』 나는 후디가 만들어준 내 모습으로 살아가겠다고 다짐했다. 그것이

후디를 기억하는 가장 중요한 방법일 것이기 때문에.


2.


영화 '코코'를 보고 1년이 훌쩍 지난 어느 날, 사무실에서 야근을 하다가 미뤄두었던 영화 '고스트 스토리'를 보았다. 꼭 봐야 한다며 동생이 추천한 영화였다. 그러나 사랑하는 사람을 잃은 이의 이야기라는 소개를 듣고 망설였다. 우리는 후디 이후로도 많은 고양이를 잃었고, 아픈 기억을 굳이 꺼내고 싶지 않았다. 꼬마 유령 캐스퍼를 연상케 하는 장난스러운 포스터 이미지도 어쩐지 마음에 들지 않았다. 플레이 버튼을 누르는 순간까지도 전혀 예상하지 못했다, 이 영화가 내 인생 영화가 될 줄은.


'고스트 스토리'는 '코코'와는 대척점에 서 있는 이야기다. '코코'가 남겨진 자가 떠난 자를 생각하는 이야기라면, '고스트 스토리'는 떠난 자가 남은 자를 기다리는 이야기다. 사고로 사랑하는 남자를 잃은 여자는 떠난 사람을 생각하며 아파한다. 생은 빛을 잃었고, 모든 것은 무의미해졌다. 그런데 가까이에서 여자를 지켜보는 존재가 있다. 떠난 남자의 유령, '고스트'다. 고스트는 여자를 보고, 듣고, 느낀다. 그러나 자기 존재를 드러낼 수는 없다. 여자는 남자가 자신의 곁에 있는 줄도 모르고 서서히 그를 잊어간다. 그리고 다른 사람과 사랑에 빠진다.

이제 남겨진 쪽은 고스트다. 실연과 상실에 지친 여자가 집을 떠나는 그 순간에도 고스트는 떠날 수 없다. 여자가 나가고, 집이 헐리고, 그 터에 다른 집이 지어지지만 고스트는 그곳에 남아 여자를 기다린다. 꼼짝도 하지 않고 두 발이 붙박인 채로.

이 영화를 보면서, 내가 상실조차 내 입장에서만 생각해왔다는 사실을 알게 되었다. 후디를 보낸 후 가장 힘든 사람은 남겨진 나인 줄로만 알았다. 그러나 '고스트 스토리'는 그게 아니라고 말하고 있었다. 나는 상실의 아픔에서 얼마간 빠져나와 일상을 꾸리고 때로는 웃기도 하는, 여전히 이생에 남은 사람이었다. 그 자명한 사실을 '고스트 스토리'는 떠난 이의 자리에 나를 가져다 놓음으로써 보여주었다. 상대방의 자리를 상상하는 것으로 사랑은 완성된다는 것을, 나는 비로소 깨달았다.

# 타투

❋

"많이 아프진 않죠?"

타투이스트에게 가장 먼저 질문한 것은 이것이었다. 그는 씨익 웃더니 괜찮을 거라고 답했다. 그러곤 내 손목을 알코올 솜으로 여러 차례 문질러 소독했다. 그의 손엔 끝이 볼펜처럼 뾰족한 도구가 들려 있었다.

'지잉' 소리가 났고, 내 몸에 잉크가 들어오기 시작했다. 미리 붙여놓은 도안을 따라 펜 끝을 움직이기만 하면 되는 간단한 여정. 펜촉이 같은 부분을 반복해서 건드리자 찌릿한 통증이 전해졌다. 대체로 견딜 만했지만, 펜 끝이 생각보다 깊이 들어가는 것 같은 느낌이 들 땐

여기 캣맘이 있다

불안했다. 나는 펜이 멈추어 설 때마다 '곧 아프겠지' 짐작하며 긴장하고 경계했다. 통증과 함께 오는 묘한 쾌감도 내 몫이었다. 15분 정도만 참으면 내 손목엔 우리집 고양이 세 마리의 이름이 차례로 새겨질 것이었다.

타투를 하기로 결심한 데는 몇 가지 이유가 있었다. 첫째로, 나는 변하지 않을 어떤 것을 몸에 새기고 싶었다. 고양이들을 반려하면서 내 삶은 달라졌고, 달라진 채지속될 것이었다. 사는 동안 추구할 가치가 몇 가지나될지 모르지만, 동물을 사랑하고 그들의 권리를 찾는데 힘쓰는 사람으로 살고 싶다는 포부만큼은 오래도록 변하지 않을 것이다. 그 시원을 타투로써 기념한다면 좋을 것 같았다.

둘째로, 타투는 내게 해방을 뜻했다. 과거 순전한 호기심으로 타투에 눈길을 줄 때도 있었지만 그때마다 나는내 자신을 억눌렀다. 타투를 '바람직하지 못한 어떤 것'으로 생각했고, 그 바탕엔 남자친구들의 시선도 한몫했던 것 같다. 대개 보수적인 그들은 내가 몸에 타투 비슷한 것을 새긴다고 하면 십중팔구 못마땅해했을 것이다. 심지어 그중 한 명은 타투에 지대한 관심이 있었음에도 나의 호기심만은 반기지 않았다.

아니, 그전에 내가 나를 검열했던 것 같기도 하다. 솔직히 말해 '남자들이 좋아하지 않는' 어떤 것을 하고 싶지 않았다. 그들에게 욕망당할 최적의 조건을 찾고, 그 조건에 위배되는 것은 멀리했다. 그러나 이제 내게 중요한 것은 오직 내 시선이다. 타투를 하든 다른 무엇을 하든 선택의 중심에는 내가 있다. 타투를 결심하며 자유로움을 느낀 이유다.

좋아하는 것을 몸에 그리고, 언제고 들여다볼 수 있다는 것은 행복감의 원천이 된다. 마치 손에 미술품을 쥐고 있는 것 같은 느낌이랄까. 사랑하는 것들로 몸에 장막을 치고, 그것들로 보호받는 느낌. 나는 앞으로도 타투를 하나 둘 늘릴 것이다. 함께 사는 고양이가 많아질수록,

내게 중요한 존재가 늘어날수록.

얼마 전엔 오른손 검지에 작은 타투를 하나 더 새겨 넣었다. 지우개가 달린 연필 모양이다. '쓰는 사람'으로서의 정체성을 공고히 하겠다는 나름의 각오다. 타투까지 새겼으니 진짜 열심히 쓰는 수밖에, 달리 도리가 없다.

# 당신의 가방을 보여주세요

❋

광명시 일대를 좀처럼 벗어나지 않는 내가 2년 전쯤 홍대에 나간 일이 있다. 홍대 근처에 있는 동네서점도 들를 겸 유명하다는 비건버거도 먹을 겸, 큰맘 먹고 감행한 외출이었다. 집에 있는 걸 좋아한다고 자부하는 나이지만, 막상 나가보니 기분이 좋았다. 목적지가 있고, 그 목적지를 향해 걷는다는 것이 좋았다. 게다가 그곳이 동물병원이 아니라는 사실이 더더욱! 그러나 내 삶이 늘 그렇듯, 그 사람 많다는 홍대에서도 나는 젖소 무늬 고양이 한 마리를 맞닥뜨리고 말았다.

이렇게 번화한 곳에서 고양이를 만날 거라곤 생각지 못

했기에 내 가방은 당연히 비어 있었다. 급한 대로 가까운 편의점으로 내달렸다. 그런데 두 군데를 들렀는데도 고양이용 사료가 없었다. 초조해진 나는 강아지용 캔과 생수를 우선 집어 들었다.* 물을 샀으니 물을 따라줄 그릇이 필요했다. 그뿐인가. 딱딱하게 굳은 캔을 먹기 편한 상태로 으깨주려면 하다못해 나무젓가락이라도 하나 있어야 했다. 편의점에서 긴급 공수한 캔을 따서 으깨주고, 고양이가 맛있게 먹는 것을 확인한 후에야 나는 비로소 버거 가게에 들어갈 수 있었다. 밥을 준 흔적은 집에 돌아오는 길에 다시 들러 말끔히 정리했다.

그날 이후 내 가방엔 웬만해선 빠지지 않는 물건들이 있다. 고양이 사료 샘플과 일회용 접시, 그리고 비닐봉지다. (모두 생분해 가능한 것으로 쓰고 있지만, 그럼에도 마음이 편치는 않다.) 니코스 카잔차키스의 『그리스인 조르

---

\* 고양이가 개의 음식을 먹는다 해도 크게 문제 될 건 없다. 다만 개 사료에는 육식동물인 고양이에게 필요한 타우린 등의 영양소가 부족하기 때문에 장기간 먹을 경우 영양 결핍을 초래할 수 있다.

바』속 한 대목이 떠오른다. "두목, 당신이 밥을 먹고 무엇을 하는지 알려주세요. 그러면 당신이 누구인지 말해줄게요." 이 대목을 이렇게 비틀고 싶어진다. "당신의 가방을 열어 보여주세요. 그러면 당신이 누구인지 말해줄게요."

사료 샘플은 물론 홍대처럼 예기치 못한 곳에서 고양이를 만났을 때를 대비한 비상 물품이다. 대용량 사료를 주문하면 인터넷 쇼핑몰에선 휴대가 편리한 샘플을 여러 봉 같이 보내주는데, 사이즈가 작아서 가방에 넣고 다니기에 딱이다. 사료와 함께 꼭 필요한 아이템이 있다면 일회용 접시다. 간혹 길고양이에게 사료를 줄 때 길 위에 알알이 뿌려주는 사람도 있지만, 고양이가 사료를 주워 먹다 사고를 당할 위험이 있어 지양해야 한다.

비닐봉지는 밥을 주고 난 후 밥그릇과 주변을 정리할 때 주로 쓴다. 내게는 '아이들을 먹인 후 흔적을 남기지 않는다'는 원칙이 있는데, 이는 혹시 모를 민원을 방지하는 것은 물론, 상기한 사고를 예방하는 데도 중요하다. 봉지가 요긴한 경우는 또 있다. 길고양이 급식소 근처에 급하게 치워야 할 음식물이 놓여 있거나 위험한 물건-앞서 썼듯 사람의 대변 같은-이 있을 경우 봉지에 담아 처리한다. 그래서 봉지는 사료 샘플이나 일회용 접시만큼 빈번하게 사용하지는 않지만 없으면 몹시 불안한 물건이다.

간혹 사료를 빠뜨리고 나온 날은 하루 종일 초조하다. 그런 날은 속으로 '오늘만큼은 배고픈 고양이를 만나지 않기를' 하고 바란다. 하지만 눈치 빠른 고양이들은 꼭 그런 날 나를 찾아온다. (어떻게 아는 거지?) 명백하게 캣맘을 부리고 있는 것으로 보이는, 건강하고 활기 넘치는 아이를 만날 경우 그냥 지나치기도 하지만, 마르고 상태가 좋지 않은 아이를 본 날은 절대로 그냥 갈 수 없다. 그럴 때는 근처 편의점과 마트를 빠르게 뒤지며 고양이에게 먹일 음식을 탐색한다. 운이 좋으면 바로 앞 편의점에서 고양이용 캔이나 건사료를 살 수도 있지만,

대개의 경우 몇 군데는 돌아야 먹일 것을 구할 수 있다. 주택가가 아닌 곳에 위치한 편의점은 고양이 사료를 잘 판매하지 않는 데다 판매한다 해도 '츄르' 같은 짜 먹는 간식 위주여서 마트를 도는 데 꽤 오랜 시간이 걸린다.

재빨리 먹일 것과 물을 사 온다 해도 고양이가 그 자리에서 기다리고 있으라는 법은 없다. 아이들은 대개 한 자리에 머물러 있지 않고 이동하며, 낯선 사람이 자신을 발견하고 알은체를 하는 순간 더욱 빨리 이동한다. 멀지 않은 곳에서 그 고양이를 다시 만날 때는 운이 좋을 때다. 그렇지 않을 경우 사람 눈에 잘 띄지 않는 곳에 먹을 것을 내려놓고, 고양이가 지나는 길에 먹고 가기를 바라는 수밖에 없다.

고난이 시작되는 것은, 한 번으로는 충분치 않다는 생각이 들게 하는 고양이를 만나는 경우다. 오랜 기간 밥을 먹지 못한 것처럼 보이거나 마르고 털이 푸석한 아이, 내가 준 캔을 그 자리에서 게눈 감추듯 먹어치우고도 더 먹고 싶다는 눈빛을 보내는 아이. 이런 고양이를 만나면 나는 고민이 깊어진다. 그리고 결국, 장기 '밥 셔틀'이 시작된다.

# 여기 캣맘이 있다

●

강의를 들으러 일주일에 두 번씩 신촌에 들르던 시절의 일이다. 수업을 마치고 나오다가 근처에서 작고 꾀죄죄한 고등어 무늬 고양이 한 마리를 보았다. 털은 윤기 하나 없이 푸석했고, 눈과 입 주위는 상처로 가득했다. 급히 가지고 있던 밥과 물을 내주었지만 그것만으로는 안될 것 같았다. 이후 나는 신촌에 갈 때마다 사료를 한 포대씩 준비해 가 아이를 먹였다. 어느 날은 동생을 불러―동생의 차는 흡사 '고양이 밥차'다―캔사료와 영양제까지 한 상 거하게 차려주기도 했다. 그 고양이의 밥 먹는 속도가 느려질 무렵 강의는 끝이 났다. 그러나 '신촌행'을 멈출 수는 없었다.

한 번 두 번 그 동네 캣맘을 자처하던 나는, 이후에도 일주일에 두 번씩 그곳에 들렀다. 하지만 사료를 두둑이 넣은 가방을 메고 출퇴근하는 일은 생각보다 고되었다. 반년 넘게 지속되던 나의 퇴근 후 신촌행은 밥을 주던 곳에서 멀지 않은 곳에 캣맘이, 그것도 베테랑 캣맘이 있다는 사실을 확인한 후에야 끝났다. (왜 진작 몰랐단 말인가!)

뿐만 아니다. 엄마 아빠가 살고 있는 본가에 들렀다가 본가 근처를 배회하는 마른 고양이 한 마리를 본 후 1년간 매일같이 밥을 가져다주기도 했다. (그러나 근처에 맘씨 좋은 캣맘이 두 분이나 있었다.) 출근길 역에 사는 고양이들을 보고서는 그곳 급식소를 아예 인수했다. (맞다. 우리 집 둘째 석수를 구조한 바로 그 역이다.) 지금 나와 동생이 맡아 관리하고 있는 고양이 밥자리가 열다섯 군데를 훌쩍 넘기게 된 것도 이런 식으로 조금씩 영역을 넓힌 결과다.

지금도 생각하면 아찔하고 감사한 에피소드가 있다. 강남 쪽 공연장에 뮤지컬을 보러 갔던 날의 일이다. 공연 시각이 임박해 빠른 걸음으로 걸어가던 중 마른 새끼고양이 한 마리를 보았다. 그런데 하필이면 그날 내 가방에는 사료가 없었다. 지각을 할 순 없어 서둘러 공연장에 들어가 앉았고, 공연이 시작됐지만 도저히 극에 집중할 수 없었다. 공연을 보면서 머릿속으로는 인터미션 동안 움직일 동선을 짰다. 오는 길에 본 편의점 두 곳에 들러 음식과 접시를 사고, 근처 화단에 밥을 놓은 후 공연장으로 돌아오려면? 재빨리 움직이면 가능할 것도 같았다. 1막이 끝나고 인터미션이 시작되자마자 종종 걸음으로 공연장을 빠져나와 가까운 편의점부터 들렀다. 그곳에 고양이용 사료가 있는 것을 본 순간! 감사한 마음에 눈물이 핑 돌았다. 더욱 기뻤던 건 아까 본 그 고양이가 멀리 가지 않고 근처에 있었던 것이다. 아이가 사료 먹는 모습을 보고서야 공연장으로 돌아와 편한 마음으로 2막을 관람할 수 있었다.

여기 캣맘이 있다

공연이 끝난 후, 고양이에게 사료를 놔준 빈 접시를 수거하고 근처를 탐색했다. 혹시나 주위에 캣맘이 있지 않을지, 고양이 급식소의 흔적을 찾을 수 있지 않을지 하는 생각에서였다. 그때 정면에서 담배를 피우고 있던 아저씨가 다가오더니 "여기 뒤편에 고양이들에게 밥을 주는 사람이 있다"고 말했다. 나는 그 아저씨에게 이것저것 묻고서야 손을 털고 집으로 돌아올 수 있었다. 공연 시간 내내 원격으로 마음 졸였던 동생에게 전화해 "여기 캣맘이 있다"는 낭보를 전하며.

# 이사

●

캣맘이 되고 가장 먼저 포기한 것 중 하나는 이사였다. 동생과 내가 관리하는 길고양이 급식소가 동네에만 열다섯 군데가 넘다 보니 이사는 꿈에도 생각할 수 없었다. 이사를 하면 밥을 주는 시간에 이동하는 데 걸리는 시간까지 포함해 '업무 시간'은 1.5배 이상 늘어난다. 그뿐인가. '남의 동네' 급식소를 찾아 밥을 준다는 것은 심적으로도, 체력적으로도 여간 고단한 일이 아니다. 시시각각 달라지는 고양이들의 변화를 알아채기 힘든 것은 물론, 동네 사람들의 횡포-건물 주인이 길고양이를 못마땅하게 여긴다든지, 근처 관리인이 밥그릇을 버린다든지 등-에 그때그때 대응할 능력도 떨어진다.

나는 광명지역 캣맘 카페에 가입해 활동하고 있다. 소액을 후원하면서 크고 작은 요긴한 정보도 수집한다. 같은 자리에서 오랜 기간 밥을 주다 보니 자연스럽게 이웃 캣맘들과도 알고 지내게 되었다. 우리 집 근처 식당에서 일하는 옆동네 캣맘 한 분은 오랜 기간 만나지 못한 우리 동네 고양이 소식을 외려 내게 알려주기도 하고, 중성화수술용 포획 틀을 선물해주기도 했다. 또 다른 이웃 동네 캣맘은 종종 동생과 '밥 주기 품앗이'도 한다. 급한 일이 생기면 그분이 맡고 있는 급식소를 우리가 대신 관리해주는 식이다. 만일 이사를 하면 이런 귀한 네트워크도 잃어버리는지라 의지할 언덕 하나가 사라지는 셈이다. 때문에 나와 동생은 "광명시에 우리를 대신할 베테랑 캣맘이 이사 오지 않는 이상, 우리가 떠날 일은 없을 것"이라고 자주 농담하곤 했다.

그러나 결론부터 말하자면 최근 우리는 진지하게 이사를 고민하게 되었다. 이 동네에 산 지 만 4년. 결코 싸지 않은 월세에 관리비까지 감당하다 보니 힘에 부친다.

광명 일대 땅값이 요동치고 주위에 아파트까지 들어서면서 월세는 계속해서 꿈틀대고 있다. 집 앞에 한창 공사 중인 대학병원이 완공되면 더 오를 텐데 싶어 걱정이 이만저만이 아니다. 임대인 대부분이 그렇듯, 우리 집 주인도 계약을 갱신할 때마다 월세를 조금씩 올려 받고 싶어 했다. 다행히 올해 계약은 월 2만 원을 올리는 선에서 타협했지만, 내년에는 상황이 어떻게 변할지 알 수 없다.

더욱이 길고양이들을 계속 구조하면서 우리에겐 큰 집이 필요해졌다. 지금 사는 동네에서 방이 여러 개 달린 큰 집을 구하려면 우리가 가진 예산으로는 턱없기에, 조금 더 외곽으로 나가는 방안을 궁리하고 있다. 물론 가장 중요한 조건은 '고양이 밥을 주러 오는 데 크게 지장이 있을 만큼 멀어서는 안 된다'는 것이다. 다시 말해 멀지 않으면서 싸고, 동시에 좁지 않은 집을 구해야 한다. 그러나 이것이 가능할지는 의문이다.

얼마 전 동생과 이야기하면서 문득 든 의문 하나. '우리가 왜 이렇게 미련하게 이 동네를 고집하지?' 하는 것이었다. 초보 캣맘이었던 우리는 두려웠다. 몸이 멀어져서 고양이들에게 생긴 변화를 알아채지 못하고 지나칠까 봐. 고양이 급식소에 무슨 일이 생겨도 즉각 확인할 수 없을까 봐. 하지만 5년 차 캣맘이 되고 보니, 같은 동네에 거주하는 것만이 해결책은 아니라는 생각이 든다. 매일 밥자리를 지켜도 고양이들은 들고 나며, 하루에도 몇 번씩 급식소를 확인해도 누군가는 또 밤 시간에 몰래 음식물 쓰레기를 투척하고 간다. 그러니 중요한 것은 다만 약속을 지키는 일일 것이다. 지금처럼 매일 같은 시간대에 급식소를 관리하고, 만나는 고양이들의 안녕을 확인하면 되는 것이다. (그런데 이렇게 쓰면서도 이사할 엄두가 완전히 나지는 않는다.)

인터넷 카페를 구경하다 보면, 이사를 앞둔 캣맘이 '후임 캣맘'을 구하는 글을 심심치 않게 볼 수 있다. 자신의 캣맘 내력(?)과 사정을 이야기하고, 언제부터 자신의 뒤를 이어 밥을 주면 된다는 내용 등을 올려놓는다. 사료와 밥그릇 등을 푸짐하게 넘기고 가겠다는 캣맘도 많다. 그러나 설령 '후임'을 구한다 해도 매일같이 관리하던 고양이 밥자리를 두고 떠나는 사람의 마음이 편할 리 없다. 꼬박꼬박 정기적으로 챙기던 고양이들을 자주 볼 수 없다는 것은 캣맘에게 생이별에 가깝다.

나와 동생은 후임 캣맘을 구할 생각은 추호도 없다. 우리 동네에는 그간 우리를 스쳐간 수많은 고양이들과의 추억이 묻어 있고, 지금도 밥자리에서 우리가 오기를 기다리는 고양이들이 있다. 성묘가 되어 영역을 이탈한 고양이들이 언제고 돌아올지 모른다는 생각도, 나와 동생은 항상 품고 있다. 그러니 이 동네는 평생 우리가 책임져야 하고, 책임질 것이다.

후임 캣맘조차 구하지 않고 매정하게 이사하는 사람을 보면 화가 나는 것도 이 때문이다. 길고양이는 정기적으로 밥을 주는 이에게 많은 것을 의지한다. 특히 중성화수술을 한 고양이들의 경우 사냥 능력과 의지를 잃어버리기도 한다. 때문에 캣맘이 된다는 것은 어마어마한 책임감을 요하는 일이다. 이미 자신에게 완전히 기대게 된 고양이들을 버리고 떠나는 것은 집에서 반려하던 비인간 동물을 유기하는 행위와 다르지 않다고, 나는 생각한다.

글을 쓰다 보니, 우리 사회에 캣맘이 조금만 더 많았어도 서로가 이사 걱정을 덜 수 있을 텐데, 하는 생각이 든다. 만일 우리 동네에 신뢰할 수 있는 캣맘이 단 한 사람이라도 있다면? 생각만으로도 너무 든든해 눈물이 다날 것 같다.

# 홍콩, 안녕히

✴

1일 차

고양이 세 마리를 반려하면서 '이제 내 인생에 여행은 없겠구나' 생각했다. 나를 대신해 고양이를 돌봐줄 사람도 없거니와, 생떼 같은 고양이들을 두고 멀리 간다 해도 즐거울 자신이 없었다. 그렇게 2년 넘게 해외는 고사하고 국내 여행도 가지 못했다. 그런데 회사에서 홍콩 출장 지령이 떨어진 날, 심장이 두근대기 시작했다.

고백하자면 고양이들과 함께 사는 동안 나는 해외여행에 관심 없는 척했다. '갈 수 없으니 가고 싶어 하지 말

여기 캣맘이 있다

자'는 아Q식 정신승리였는지 모르겠으나, 실제로 그렇게 믿었다. 매일 아침 광화문에 여행 온 중국인 관광객을 보며, '저들에게 이곳이 여행지라면 내게도 그러지 말란 법 없다'고 주문을 걸었다. 문제는 내가 서 있는 곳이 아니라 그곳을 보는 태도였다. 지금 밟고 선 땅을 낯설고 새롭게 볼 수 있다면, 굳이 해외여행이라는 게 필요할까 싶었다. 여기에 쐐기를 박은 것은 페소아였다. 그는 "여행은 정신력이 약한 사람이나 하는 것"이라고 일갈했다. 나는 페소아에게 절이라도 하고 싶었다.

여행 따위 관심 없을 정도로 성숙해진 줄 알았던 나는 그러나 '정신력이 약한 사람'이었다. 일을 핑계로, 더구나 1박 2일이라는 짧은 일정이라니, 이런 기회는 다시 없을 게 분명했다. 다행히 동생도 비교적 일이 바쁘지 않을 때여서 나는 약간의 협상 끝에 홍콩행 비행기에 오를 수 있었다.

출장 첫날은 예정된 일정을 소화하고 방송용 자료 그림

까지 찍느라 여유가 없었다. 촬영 기자와 나는 홍콩의 밤안개를 헤치고 미션―후에 자료로 쓸 홍콩 야경을 찍어 오라는 것―을 완수하기 위해 끙끙댔다. 이튿날 아침부터 공항에 도착해야 하는 오후 3시까지는 온전히 자유 시간이었다. 일과를 마치고 침대에 누운 나는 주어진 반나절가량을 어떻게 하면 효율적으로 보낼 수 있을지 고민했다.

가장 먼저 떠올린 건 왕가위 감독의 영화 '중경삼림'(1994)이었다. 다른 데는 몰라도 '청킹맨션'만은 꼭 들러야 했다. 영화 속 마약 밀매업자 임청하가 가발을 쓰고 누비던 곳. 왕비가 양조위의 집을 훔쳐보느라 여러 번 탔던 미드레벨 에스컬레이터에도 가봐야 했다. 그렇게 목적지는 당연하게 침사추이가 되었다. 숙소가 있는 센트럴에서 침사추이로 이동하려면 페리를 이용해야 했다. '청킹맨션을 본 뒤 시계탑을 구경하고, 스타의 거리를 둘러봐야지.'

여기 캣맘이 있다

다음 날 아침 나는 일찍 눈을 떴고, 해가 뜨기 시작한 오전 7시 30분경 숙소를 나섰다. 조금이라도 더 돌아다니려면 서둘러야 했다. 계획한 대로 버스를 타고 센트럴역 근처로 내려가 페리를 타는 곳으로 이동했다. 포털사이트에 따르면 센트럴역에서 15분 정도 걸으면 선착장이 나와야 하는데, 사람들 보폭이 큰 건지 내가 길치인 건지 짧게 잡아도 30분 정도는 헤맨 것 같았다. 서울에서라면 슬며시 짜증이 올라왔을 법도 하지만… 여기는 홍콩이었다. 마음가짐이 이렇게나 다를 수 있다는 사실에 나조차 놀라지 않을 수 없었다.

침사추이로 이동해 청킹맨션을 둘러보고, 근처에서 아침도 먹었다. 멀지 않은 곳에 시계탑과 스타의 거리가 있었다. 시간이 얼마 없다는 생각에 걸음을 재촉하던 나는, 순간 다른 사람들이 밟았던 여행 코스를 그대로 밟고 있다는 것을 깨닫고 멈칫했다. 그저 떠나기 위해 떠나는 여행을 누구보다 경멸하던 나였다. 관광 명소에 도착해 짐을 내려놓고, 휴대폰을 이리저리 돌리며 열심히 셀카를 찍는 사람들과 나는 다르다고 생각했다. 그런데 여행의 참 의미를 안다고 자부하던 나 역시 휴대폰에 의지한 채 그들이 올려놓은 '코스'를 소화하기 바빴다. 스마트폰을 들여다보지 않으면 당장 길조차 찾을 수 없었다.

침사추이 한복판에서 나는 휴대폰을 가방 깊숙이 집어넣었다. 길을 모르면 사람들에게 묻고, 그래도 모르면 돌아가리라 다짐했다. 생각해보면 여행은 그런 것이었다. 예상치 못한 상황에 나를 내맡기는 것. 배경지식이 없는 상태에서 내 의지로 무언가를 선택하고, 그에 책임을 지는 것. 검증된 코스를 안전하게 밟는 일보다 내 배회가 가치 있는 건 여행이 본래 그런 것이기 때문이리라.

'관광'을 포기하자 다른 것들이 눈에 들어오기 시작했다. 그렇게 홍콩 시내 한복판에서 나는 또 고양이를 만났다. 머리에 벼슬을 단 까맣고 작은 새를 본 것도 휴대폰을 집어던진 덕분에 잡은 행운이었다. 무엇보다 항구에 짐을 풀고 앉아 이어폰으로 엽천문의 '진중'을 반복해 들었던 경험은 기억에 오래 남을 것 같다.* 당분간 나의 홍콩은 눈앞에 바다가 흐르고 귀에는 엽천문의 노래가 들리는 광경으로 기억될 것이다.

2일 차

일찍부터 서둘렀다고 생각했는데 어느덧 오후였다. 의욕 넘쳤던 홍콩의 1박 2일도 끝을 향해 가고 있었다. 따지고 보면 발을 열심히 놀린 것도 이틀을 합해야 10시간 남짓인데 체력은 이미 무너진 지 오래였다. 가방을 가볍게 꾸린 것도 별 도움이 되지 않았다.

어디론가 떠날 때 나는 짐을 거의 싸지 않는 편이다. 여

---

* 지아장커 감독의 영화 '산하고인'(2015)을 보며 이 노래에 꽂힌 나는, 당시 주야장천 이 노래만 들었다. 현재 중국과 홍콩의 상황을 생각하면 머쓱한 일이다.

행지에서 무언가를 흡수하거나 여행 자체를 만끽하려면 외적으로 무無의 상태여야 함을 여러 번의 학습으로 깨달았기 때문이다. 외양에 신경 쓰거나 차림새 때문에 본의 아니게 긴장해야 하는 상황에서는 무엇에도 집중할 수 없다.

제주 출장을 앞두고 있던 어느 날, 내 출장용 짐가방을 후배가 들여다본 일이 있었다. 가방을 연 후배는 깜짝 놀라는 것 같았다. 순간 가방 안에 낡은 속옷이 들어 있다는 사실이 떠올랐다. 나는 "그거 좀 오래돼서 그렇지 깨끗한 거야"라며 멋쩍게 웃었다. 그러자 후배는 "아뇨, 그래도 제주도 출장인데 캐리어 하나 안 들고 가나 해서요"라고 대꾸했다. 순간 '캐리어라도 챙겼어야 하나' 고민했지만, 기껏해야 1박 2일이었다. 여분의 겉옷을 가져간다 해도 갈아입지 않을 것이고, 옷은 이틀간 가방 구석에서 주름살만 늘리다 나올 공산이 컸다.

배낭 꾸리기는 이번에도 비슷했다. 차이라면 해외여행

용 에그와 보조 배터리가 추가됐다는 것뿐. 집을 나오기 전에 파우치 부피도 최대한 줄인 만큼 전체 무게는 제주도 출장 때와 별반 다르지 않았다. 문제는 몸이었다. 어깨는 쑤셨고, 오른쪽 발바닥은 심하게 쿡쿡거렸다. 이렇게 가벼운 차림으로도 절절매는 신세라니. 여행은 내가 의식하지 못하는 사이 내 몸 구석구석이 얼마나 낡았는지도 깨닫게 해주는 것이 분명했다.

마지막 목적지로 홍콩예술관을 선택했다가 또 한 번 좌절했다. 풀어질 대로 풀어진 몸을 이끌고 길을 찾을 자신이 없어, 이쯤에서 여행을 그만두기로 했다. 아무리 생각해도 일찍 공항에 가서 몸을 쉬게 하는 것이 내가 할 수 있는 최선이었다. 벼르고 별러 도착한 이국땅에서, 다른 것도 아닌 체력 때문에 여행을 중도 포기해야 한다니 기가 막혔다. 기력이 방전된 탓일까. 가까스로 공항에 도착해서도 책조차 눈에 들어오지 않았다.

이 짧은 여행의 클라이맥스는 비행기 안이었다. 나는

기내식을 먹다 끝내 탈이 나고 말았다. 평소 약간의 폐소공포증이 있는데, 녀석이 기어이 일을 낸 것이다. 처음 비행기에 탔을 때 속이 좀 울렁거리기에 양껏 마신 커피 때문일 거라 추측했다. 밥을 좀 먹으면 괜찮아지겠지 싶어 기내식으로 비빔밥을 주문했다.

그날 기내식 메뉴는 닭요리와 비빔밥이었는데, 고기를 먹지 않으려니 이쪽이나 저쪽이나 난감하긴 매한가지였다.* 닭요리는 말할 것도 없고, 비빔밥에도 약간의 고기 고명이 올라가 있었다. 평소 같으면 먹을 엄두조차 내지 않았겠지만 이때의 불안감은 말로 설명할 수 없는 지경에 달해 있었다. 구역감이 반복되어 초조했고, 이 상태로 참고 버티다가 일을 내지나 않을까 두려웠다. 더욱이 이곳은 당장 내릴 수도, 밖으로 나갈 수도 없는 비행기 안이었다. 그 사실을 의식할수록 숨 쉬기가 힘들어졌다. 이 연쇄를 끊으려면, 우선 구역감을 누르는 것이 최선이었다.

* 안타깝게도 그때는 기내식으로 채식을 사전 주문할 수 있다는 사실을 몰랐다.

머릿속으로 모든 상황을 시뮬레이션 한 나는 울며 겨자 먹기로 비빔밥을 주문했다. 기내식은 이미 승객 수대로 만들어져 나온 것이어서 내가 받지 않으면 다른 누군가가 먹거나 버려질 것이라는 계산도 했다. (내 채식의 목적은 무엇보다 고기의 소비를 줄이는 데 있다.) 그런데 막상 비빔밥을 받아들자 생각 이상으로 먹기가 힘들었다. 어찌어찌 몇 숟갈을 떠 먹었지만, 희생돼 식탁에 오른 소의 얼굴이 보이는 것 같아 괴로웠다. 도축당해 이곳 비행기 안까지 오기 전, 소에게도 삶이 있었을 것이라는 데 생각이 미쳤다. (이 생각이 나를 어디로 데려갈지 모르지 않았지만, 내 뇌는 이미 통제 불능 상태였다.) 못 먹겠다 싶어 덮으려는데 울컥, 토할 것 같았다.

나는 승무원에게 도움을 요청했고, 비상 상황에 대비해 화장실 앞 의자에 앉은 채 꼼짝없이 휴식을 취해야 했다. 인천공항에 거의 다다른 시점이었기에 망정이지, 그게 아니었다면 4시간을 초죽음 상태로 버텨야 했을 것이다. 간신히 집에 돌아온 내게 동생은 얼굴색이 왜 그러냐고 물었다. 순간 울음이 터질 뻔했다.

다음 날 출근길은 내 평생 잊지 못할 것 같다. 1-1번 마을버스에 올라타며, 나는 마음 깊이 안도했다. 비로소 안전하게 일상으로 돌아왔다는 것이 실감났다. 버스가 지나는 길목마다 쭉 뻗은 나무들이 잎사귀를 팔랑이고 있었다. 이 길이 원래 이렇게 아름다웠나… 역시 여행의 이유는, 여행 이후의 일상에 있다.

"나는 동물권 옹호자입니다"

# 빨간 애

✴

수화기 너머 동생은 울먹이고 있었다. 길고양이 급식소
에 벌레가 너무 많아 도저히 밥을 줄 수 없다는 것이었
다. 그렇지 않아도 곤충을 무서워하는데, 오늘은 밥그
릇에 붙어 있던 벌레가 날아와 정강이에 붙기까지 했단
다. 동생은 놀란 나머지 밥그릇을 내던지고 줄행랑을
쳤다며, 돌아갈 자신이 없다고 했다.

문제의 급식소는 산에 있었다. 길 건너 야트막한 산에
고양이 여러 마리가 사는 것을 보고 그곳에 밥을 놓기
시작했다. 아이들이 차도를 건너 급식소까지 오는 것을
막기 위해서였다. 하지만 산은 여러모로 위험했다. 밤

엔 깜깜해서 아무것도 보이지 않았고, 오소리와 너구리 같은 야생동물도 빈번히 출몰했다. 무엇보다 그곳은 벌레들의 천국이었다. 캣맘은 대개 고양이가 활동하는 밤에 움직이지만 산만큼은 밤에 오를 수 없어 프리랜서인 동생이 낮 시간에 맡아 챙기고 있었다.

동생을 진정시키는 것이 급선무였다. 나는 고양이나 곤충이나 근본적으로는 다르지 않은 존재이며 다르다고 생각하는 것은 우리 인식의 문제라고, 급한 대로 떠오르는 말들을 주워섬겼다. 내일은 쉬는 날이니 내가 직접 산에 가겠다는 말도 덧붙였다. 하지만 내심 귀찮기도 했다. 나이 서른 넘은 성인이 까짓 벌레를 가지고 왜 이리 유난인지 이해할 수 없었다.

다음 날 동생과 함께 산으로 갔다. 가까이서 본 고양이 급식소는 흡사 곤충박물관에 가까웠다. 그 작은 급식소 안에, 살면서 한 번도 본 적 없는 온갖 종류의 곤충이 기거하고 있었다. 당황한 나는 동생을 돌아보았다. 동생은 가까이 오지 않고 멀찍이서 나를 지켜보고 있었다. 나는 혹여나 신음이 새어나올까 이를 악물고 밥자리를 정비했다. 속으로 '무섭지 않다, 무섭지 않다'를 끊임없이 되뇌며. 얼굴에서 툭툭, 땀이 바닥으로 떨어졌다.

간신히 임무를 마치고 돌아오자 동생은 내게 "소금쟁이와 비슷하게 생긴 빨간 애"를 봤는지 물었다. 아니나 다를까, 그 '빨간 애'는 급식소 정면에 붙어 나를 놀라게 했다. 생김새는 소금쟁이와 닮았지만 몸 전체가 빨간색인, 주변에서 흔히 볼 수 없는 비주얼이었고, 그만큼 오라aura도 굉장했다. 하지만 나는 짐짓 태연한 척 답했다. "아, 그 빨간 애? 걔는 근데 안 물어서 괜찮아." 놀란 마음은 그러나 쉽게 진정되지 않았다.

집에 돌아온 나는 '무섭다'는 감정이 도대체 무엇인지 생각해보았다. 곤충의 생김새가 무서웠던 걸까? '무서운 생김새'라는 것이 따로 있나? 그렇다면 무서움을 충족시키는 요건은? 긴 다리? 아니면 빨간 몸통? 하지만

난 다리가 유독 긴 우리 집 막내 고양이의 몸이 다른 어떤 고양이의 몸보다 멋지다고 생각하며, 빨간색 깃털을 가진 새를 아름답다고 여긴다. 그런 기준이라면 그 '빨간 애'가 무서울 이유는 도대체 뭐지? 생각을 거듭할수록 무섭다는 것은 익숙하지 않은, 낯선 생물체에 느끼는 혐오감임이 분명해졌다. 그렇게 익숙하지 않다는 이유로 누군가는 개나 고양이를, 누군가는 새를 '무서워하겠지' 생각하니 아득해졌다.

『어떤 양형 이유』를 쓴 박주영 판사는 "혐오는 관념에 정주한다"고 썼다. 대상의 실제를 알게 되고, 그래서 익숙해지면 혐오는 사라진다. 공기 좋은 시골에 살며 매일 곤충을 보는 사람들이 그들을 친구로 여기는 것도 같은 이치일 것이다.

자칭 동물권 옹호자인 내가, 모든 생명을 소중히 여긴다고 자부하는 내가 생명을 임의의 기준으로 나누고 누군가에겐 혐오의 딱지를 붙여왔다고 생각하니 머쓱했다. 그래서 일단 '빨간 애'와 정면으로 마주해보기로 했다. 자주 보고 오래 보면 익숙해질 테고, 그러면 두려움도 사라질 테니까. 그러다 보면 그 '빨간 애'가 단순히 빨갛게만 보이지 않는 날도 올 것이다.

# 채식을 하며 알게 된 것 1

✸

2016년 여름, 고양이 한 마리가 우리 집으로 왔다. 아빠 지인이 반려하던 고양이가 새끼를 많이 낳았는데, 모두 품을 여력이 안 돼 주위에 분양해주고 있다고 했다. 학창시절 키우던 진돗개와 슬프게 이별한 후 다시는 비인간 동물을 반려하지 않겠다고 다짐했는데, 어쩐지 이 작은 고양이를 내칠 수 없었다. 내 손 크기만 한 몸집에 고등어 무늬를 가진 새끼 고양이는 그렇게 우리 식구가 되었다. 나와 동생은 야무지고 기개가 남다른 이 고양이에게 '토라'호랑이라는 뜻의 일본어라는 이름을 붙여주었다. 일본 여행에서 돌아온 다음 날 우리가 만난 것을 기념하기 위해서였다.

모든 것이 신기했다. 토라가 걸어 다니는 것도, 걷다가 신이 나면 집 전체를 2초 만에 한 바퀴 도는 것도, 싱크대 위를 한 번에 점프해 올라가는 것도. 그중에서도 가장 신기했던 것은 밥을 아무리 많이 주어도 먹을 만큼만 먹고 남긴다는 것, 그리고 변을 보면 그 즉시 모래에 묻는다는 것이었다. 평소 동물과 친하지 않던 엄마도 은근히 토라에게 감동한 눈치였다. 엄마는 "누가 가르치지도 않았는데 변을 모래에 봐야 한다는 건 어떻게 알며, 뒤처리는 또 어떻게 그렇게 깔끔하냐"며 신기해했다.

고양이를 잘 모르던 나와 동생도 신기하기는 매한가지였다.(그렇다. 이때까지만 해도 우리는 토라를 '대상화'하고 있었다.) 토라는 날이 갈수록 자기가 원하는 것을 명확하게 표현했다. 음높이와 길이를 달리해 '야옹' 소리를 냈고, 때로는 앞발로 서랍장 같은 곳을 툭툭 치며 열라고 보채기도 했다. 식구 누구보다 자기표현이 확실한 이 경이로운 존재에게, 우리는 도리 없이 빠지고 말았다.

토라를 깊이 알게 되면서 다른 동물에도 눈을 떴다. 아무리 생각해도 '고기'로 취급되는 동물들과 토라의 차이를 납득할 수 없었다. 토라가 기쁨과 즐거움, 아픔 같은 감정을 모두 느끼듯 소와 닭, 돼지도 그럴 것이기 때문이다. 바깥바람을 유독 좋아하고 비 오는 날이면 차분해지는 토라처럼, 다른 동물들도 더 좋아하거나 덜 좋아하는 날씨가 있을 것이다. 새 모래가 깔린 화장실에서 신이 나 장난치는 토라를 보면, 그들도 깨끗한 곳을 선호하고 지저분한 곳을 멀리할 것이란 생각이 들었다. 그런데 나는 왜 토라는 이다지도 소중히 여기면서 다른 동물은 먹는 것일까. 토라와 그들 사이에 어떤 본질적인 차이라도 있는 걸까.

아무리 생각해도 답은 '아니오'였다. 동물을 먹는다는 것을 이상하게 느낀 건 그때부터였다. 그즈음 봉준호 감독의 영화 '옥자'를 보았다. '옥자'는 장르의 외피를 빌려 공장식 축산의 실태를 고발하고 있었다. 영화를 보는 내내 나는 분노했고, 몸에 남은 에너지를 전부 소진할 정도로 오열했다. 그리고 결심했다, 오늘부터 절대로 고기를 먹지 않겠다고.

급작스럽게 시작한 채식은 역시나 쉽지 않았다. 그동안 '고기 마니아'였기에 더욱 그랬다. 엄마 말에 따르면 나는 다섯 살 때부터 스테이크 1인분을 거뜬히 먹어치울 정도로 고기를 좋아하는 아이였다. 고기 뷔페에 가도 3인분은 거뜬했고, 곱창과 막창, 대창도 즐겨 먹었다. 지금 돌이켜보면 부끄러운 이야기지만, 몽골 출장 당시 심한 누린내 때문에 외지인들은 기피하는 양고기를 혼자만 신나게 먹었던 기억도 있다.

고기 자체를 못 먹는 것은 참을 만했지만, 돼지고기가 들어간 김치찌개나 부대찌개, 순댓국 같은 탕류는 한 번씩 못 견디게 먹고 싶기도 했다. 그럴 때는 떡볶이나 알리오 올리오 파스타 같은, 좋아하는 다른 음식을 먹으며 버텼다. 단순 비교하기는 어렵지만 내 경우 먹고 싶은 것을 대부분 못 먹는 다이어트보다 일부는 먹을 수 있는 채식이 더 쉬웠다.

견디기 어려웠던 건 외려 다른 사람들의 시선이었다.
생각보다 많은 사람이 나의 채식 생활을 걱정했다. 가
장 처음 부모님은 영양 불균형을 염려하셨다. 나는 부
모님께 임신부나 수유기 산모도 필요한 모든 영양소를
채식만으로 충당할 수 있다고 설명해드렸다.* 몇몇 친
구들은 사회생활을 하며 채식을 하는 것이 현실적으로
가능한지 궁금해했다. 나는 "동참은 어렵지만 뜻은 존
중한다"고 말해주는 선배 덕분에 기운을 냈고, 식단을
배려해주는 동료에게 감동했다.

그러나 채식을 한다고 밝힌 이후, 단지 그 이유로 나를
비난하고 심지어 조롱하는 이들도 있었다. 페스코 베지
테리언해산물까지 먹는 채식인으로 채식을 시작한 내게 "채
식 중에서도 아주 낮은 단계"라며 비아냥대는 이가 있
는가 하면, "식물은 생명이 아니냐"는 그 유명한 레퍼토

* 미국영양학협회가 2011년 발표한 사실이다.

리를 실제로 구사하는 사람도 있었다.

한번은 선배와 식사 자리에서 채식 이야기를 꺼냈다가 2시간가량 '인류가 육식을 해야 하는 이유'에 대해 들어야 했다. 대화의 종착지는 "나 같은 사람을 설득하려면 네가 공부를 더 해야 한다"는 것이었다. 나는 선배에게 채식을 권하지도, 내게 동의해달라 말하지도 않았지만 졸지에 비채식인을 설득해야 하는 사람이 되고 말았다. 이후로 조용히 선배에 대한 존중을 접었다.

단지 고기를 먹지 않기로 한 것뿐인데 이상하게 자주 외로웠다. 사람들은 나의 변화를, 변화하지 않는 자신을 향한 비난으로 받아들이는 것 같았다. 더욱 이해할 수 없었던 것은 지금의 공장식 축산 시스템이 잘못되어 있다는 데 동의하면서도, 그 시스템에 더는 기여하지 않겠다는 나의 고백은 불편하게 여기는 사람들의 태도였다. 그러나 실천이 어렵다는 이유로 앎조차 없던 것으로 되돌릴 수는 없다. 알았다면 행동으로 옮겨야 했다. 아니, 적어도 행동으로 옮긴 사람을 비난하지는 말아야 했다.

『아무튼, 비건』을 쓴 김한민 작가는 쇼펜하우어를 재인용해 이렇게 말했다. "모든 새로운 진실은 '멸시와 조롱, 강한 부정 그리고 받아들임'의 단계를 거친다"고. 쇼펜하우어의 말이 맞다면 우리 사회는 아직 '멸시와 조롱' 단계에 머물러 있는 것 같다. 그러나 머지않아 '강한 부정'을 거쳐 '받아들임'의 단계가 오겠지. 그때, 나를 비난했던 이들에게 채식 선배로서 따끔하게 한마디 해줄 것이다.

# "그냥 먹을게요"

❋

요즘 식당에서 내가 가장 많이 하는 말이 있다면 아마
도 "그냥 먹을게요"일 것이다. 채식을 시작한 이후, 내
게는 음식을 주문할 때 "고기 빼고 해주세요"라고 말하
는 습관이 생겼다. 어느 식당을 가도 '비건 옵션'이 마련
되어 있는 유럽 일부 국가들과 달리, 우리나라엔 조건
없이 채식을 할 수 있는 식당이 거의 없다. 그래서인지
이 주문은 자주 실패로 돌아간다. 주문할 때 분명히 요
청했음에도 스팸이 들어간 김치볶음밥, 치즈가 올라간
알리오 올리오 스파게티가 나오는 것이다.

이 경우, 나는 대개 "그냥 먹을게요"라고 말하고 음식을

받는다. 먹지 않겠다고 말하는 경우 음식이 그대로 버려질 가능성이 크기 때문이다. 대부분의 식당에선 한번 사용한 재료를 다시 쓰지 않기 때문에 조리 과정에서 실수가 있을 경우 음식은 통째로 쓰레기통으로 직행하게 된다. 이런 장면을 몇 차례 목격하면서 내게는 일종의 요령이 생겼다. 일단 음식부터 받아들고 나서 의사를 전달하는 것이다. 음식을 받기 전에 항의부터 했다가는 미처 손쓸 틈도 없이 음식이 버려질 가능성이 크다. 벙찐 내게 직원은 말한다. "다시 해드릴게요."

그러나 앞에도 썼듯, 내 채식의 목적은 무엇보다 동물성 식품의 소비를 줄이는 데 있다. 동물성 식재료가 들어갔다고 해서 그 음식을 그냥 버린다면 동물에게도 미안한 일일뿐더러 환경에도 좋지 않다. 채식주의자 중에는 이럴 때 '먹고 싶지 않아도 버릴 수 없어서' 먹는 사람이 많다. 어떻게 해도 동물의 죽음을 보상할 수 없는 상황에서 그 죽음을 헛되게 만들 수는 없기 때문이다.

하지만 그냥 먹겠다고 하고 음식을 받아들어도 침울해지는 건 어쩔 수 없다. 솔직히 화도 난다. 누군가의 '실수' 때문에 고기를 소비해야만 하는 상황에 화가 나고, 주문할 때 "고기를 먹지 않는다"고 굳이 말한 것이 어떤 의미인지 생각해보지 않는 사람들의 무심함에 화가 난다.

고기가 들어간 음식을 받아들고 나면, 나는 '부연 설명'을 잊지 않는다. 내가 고기를 빼달라고 요청한 건 동물을 소비하지 않기 위해서라고. 실수로 고기가 들어갔다고 해서 음식을 통째로 버린다면, 그건 동물에게 이중 삼중으로 미안한 일이 된다고. 그런데 솔직히 말하면, 이때 제대로 된 사과를 받아본 기억이 거의 없다. 대부분의 식당 직원은 내가 정중하게 항의해도 듣는 둥 마는 둥 하거나 비아냥거리는 듯한 표정을 지으며 마지못해 "네" 하고 대답한다. '왜 저렇게 유난스러울까'라고 생각한다는 것이 민망할 정도로 확연히 전해진다. 내게 채식은 신념에 가깝지만, 타인에게는 그저 기호에 불과할 수 있다는 것을 모르지 않는다. 아무리 그렇다 해도 상대방에 대한 최소한의 예의는 기대할 수 있는 것 아닐까?

한번은 식당에서 직원이 두 번이나 같은 실수를 해 화를 낸 일이 있다. 맨 처음 나는 쌀과 김치와 채소를 볶아 만드는 리소토를 주문했다. 주문할 때 동물성 식재료가 들어가는지 물었고, 베이컨이 들어간다는 답변을 받았다. 직원은 원한다면 베이컨을 빼고 조리해줄 수도 있다고 했다. 결제를 하면서도 혹시나 하는 마음에 "꼭 좀 빼주세요"라며 재차 부탁했다. 그러나 내가 받은 건 (역시나) 베이컨이 들어간 리소토였다. 직원은 테이블로 다가와 조리하는 사람의 실수로 베이컨이 들어갔다고 사과했다.

이런 상황이 익숙한 데다 이미 벌어진 일이라 돌이킬 수도 없다고 생각한 나는 '우리가 먹지 않으면 음식이 버려지는지'를 다시 한 번 확인한 후, "버려진다면 그냥 먹겠다"고 했다. 미안하다는 직원에게 "괜찮다"고 답했지만, 식사 내내 마음이 편치 않았다. 사건은 그다음에 일어났다. 오픈형 주방이라 조리하는 모습이 훤히 보였는데, 이번엔 조리 담당 직원이 오일 파스타 위에 치즈를 뿌려 내오는 것을 목격하고 만 것이다. 순간 자신의 실수를 알아차린 직원은 음식을 쓰레기통으로 가져가더니 통째로 부어버렸다.

나는 곧바로 주문을 취소하고 해당 직원에게 항의했다. 그리고 상황을 설명했다. 동물성 식재료를 소비하지 않으려 주문하기 전 여러 차례 부탁했던 것, 그럼에도 고기가 들어간 음식이 나왔던 것, 차마 버릴 수 없어 음식을 받아들었던 것까지. 그런데 직원은 전혀 미안해하는 기색조차 보이지 않았고(상기한 '왜 저렇게 유난스러울까' 부류였다), 내 감정은 그만 격해지고 말았다. 식당을 나오는데 서러움이 밀려왔다. 내가 찾고 싶은 것은 소비자로서의 거대한 권리 같은 것이 아니라 최소한의 존중이었다.

후에 하소연하듯 이 일화를 친구에게 이야기했다. 친구는 "그렇더라도 화를 낸 건 너무했다"며 "그렇게 하다간 자칫 비건에 대한 인식이 더 나빠질 수 있다"고 말했다. 친구의 말을 듣는 순간 온몸의 기운이 쭉 빠졌다. 비건이어서 피해를 입은 것에 대해 항의하면, 그것이 고스란히 비건에 대한 부정적인 인식으로 돌아오는 사회. 사람들이 나쁜 인식을 가지지 않도록 비건이 알아서 조심하고 몸 사려야 하는 사회. 이 사회에서 비건은 명백한 약자였다.

나는 자주 생각한다. 옳은 일을 하는 것이니, 무언가를 요구하면서 미안해하지 말자고. 그리고 노력한다, 미안해하지 않으려고. 이런 것마저 노력해야 한다는 사실이 어떤 때는 서글프게 느껴지지만.

# 채식을 하며 알게 된 것 2

❋

본래 나는 소화제를 달고 사는 사람이었다. 타고나길 위가 약한 데다 음식을 빨리 먹는 게 습관이 돼 늘 위염을 앓았다. 만성 위염 환자들이 대개 그렇듯 역류성 식도염으로도 자주 고생했다. 몇 년 전에는 왜인지 명치 끝이 너무 아파 편히 숨을 쉴 수도, 누울 수도 없었다. 의사는 급성 식도염이라는 진단을 내렸다. 자극적인 음식은 줄이고, 먹은 후엔 곧바로 눕지 않도록 주의해야 했다.

위도, 식도도 멀쩡할 날이 없으니 당연히 자주 체했다. 가방이나 파우치에는 늘 소화제를 넣고 다녔고, 조금만 체기가 있어도 바로 약부터 찾았다. 약을 챙겨 나오지 않은 날은 하루 종일 불안했다.

어릴 적 나는 알약을 잘 삼키지 못했다. 엄마는 그런 나를 위해 알약을 숟가락 끝으로 빻아 가루로 만들어주곤 했다. 물에 탄 가루약은 쓰기가 말로 다 할 수 없었지만, 큰 알약을 통째로 삼키는 것보단 먹기 수월했다. 그러던 내가 알약 먹기의 달인이 된 것은 고3 때였다.

비교적 큰 스트레스 없이 수험 생활을 하고 있다고 생각했는데, 이상하게도 그 시절에는 음식을 먹기만 하면 체했다. 잘 듣는 소화제를 수소문하던 엄마는 동네 한의원에서 알갱이가 작은 한방 소화제를 구해다 주었다. 나는 그것을 두세 알씩 열 번에 나누어 삼켰다. 적게는 하루두 번, 많게는 세 번도 먹었으니 매일 최소 40~50알의 소화제를 삼킨 것이다. 그때 훈련된 덕분인지 요즘에는 엄지손톱만 한 알약도 한 움큼씩 시원하게 넘긴다.

내 소화불량에는 단짝 친구가 있었는데, 그건 바로 두통이었다. 음식을 급히 먹거나 많이 먹으면 몇 시간 뒤 꼭 머리가 지끈거렸다. 머리로 가야 할 혈액이 모두 위로 쏠려서 그렇다는 말을 어디선가 들은 이후, 나는 두통이 와도 소화제를 먹기 시작했다. 그러니까 속이 안 좋아도 소화제, 머리가 아파도 소화제를 찾은 것이다.

채식을 시작한 이후 가장 크게 달라진 점을 꼽으라면, 소화제를 먹는 횟수가 확연히 줄었다는 것이다. 소화제를 사러 마지막으로 약국에 간 것이 언제인지 정확히 기억나지 않는 것을 보니, 채식 생활이 나의 삶을 얼마나 많이 바꾸어놓았는지 새삼 실감이 난다. 비건 지향 생활을 시작한 이후 나는 기름지고 자극적인 음식을 거의 먹지 않게 되었다.

이제는 장에 탈이 나는 경우도 거의 없다. 찬 성질의 음식과 잘 맞지 않았는데, 특히 돼지고기를 먹은 날은 쉽게 잠들지 못하고 화장실을 두세 번은 들락거렸다. 그날 먹은 것을 모두 배출하고 나면 그제야 편히 잠들 수 있었다. 요즈음에는 못 견디게 매운 것—이를테면 청양 고추를 잔뜩 넣은 떡볶이—을 먹지 않는 이상 화장실에 가지 않는다.

음식을 먹으며 재료 본연의 맛을 알게 된 것은 채식으로 얻은 가장 큰 소득 중 하나다. 과거 나는 맛있다, 맛없다만 구별할 줄 알았지 재료 자체의 맛을 느끼지는 못했다. 내가 먹었던 음식이 모두 같은 '고기 맛(!)'이었다는 사실은 채식을 시작하고 나서야 알았다.

고기는 대부분의 음식에 주재료나 부재료로 쓰인다. 재료로 쓰이지 않을 경우 육수나 조미료로라도 들어간다. (순두부찌개나 북엇국에도 고기를 넣는다는 사실을 알고 충격을 받았다.) 그리고 아주 적은 양으로도 그 음식을 장악한다. 고기가 들어간 음식에서 다른 재료들의 맛과 향을 분별해 음미하기란 여간 어려운 일이 아니다. 된장만 담백하게 풀어 끓인 된장국, 깔끔하고 가벼운 김

칫국, 미역의 향이 살아 있는 시원한 미역국의 맛은 아마 채식을 하지 않았다면 영영 몰랐을 것이다.

2년 전 건강검진을 받으러 갔을 때 담당 의사에게 조용히 물어보았다. 혹시나 채식이 내 몸에 가져온 '부정적인 변화'가 있지는 않을까 내심 걱정된 탓이다. 의사는 직전 검진 결과와 비교해보더니 몸의 밸런스가 훨씬 더 좋아졌다고 했다. 심지어 "훌륭하다"는 형용사까지 덧붙여가며! 채식의 효용을 내 몸이 입증한 것 같아 자부심마저 느꼈다.

막 사회생활을 시작한 2011년, 생애 처음 건강검진을 받은 일이 떠올랐다. 당시 나는 내 인생에서 가장 날씬한(표면적으로) 몸을 유지하고 있었는데, 아이러니하게도 콜레스테롤 수치가 정상보다 높았고 체지방도 과다였다. 업무 스트레스를 푼다는 핑계로 매일같이 치킨이나 보쌈 같은 야식을 시켜 먹던 시절이었다. 그때 야식이 신선한 샐러드나 가벼운 크래커 같은 것이었다면 얼마나 좋았을까! 그랬더라면 일주일에 한두 번씩 얼굴에 피어나던 왕여드름과도 진작 결별했을 텐데.

"나는 동물권 옹호자입니다"

# 너구리와 개미

✳

지난해 가을, 산에 간 동생이 다급한 목소리로 전화를 걸어왔다. 너구리 한 마리가 산 초입에서 큰소리로 울고 있다는 것이었다. 너구리가 동네에 있다고? 당황한 나는 "잘못 본 것 아니냐"고 되물었다. 동생은 혹시나 싶어 포털사이트에 검색까지 해보았다며 틀림없는 너구리라고 했다.

그제야 퍼즐이 맞춰지는 것 같았다. 얼마 전부터 산 급식소에 넣어준 고양이 밥이 한 톨도 남지 않고 몽땅 사라지기에, 야생동물의 소행이겠거니 짐작만 했다. 스티로폼 급식소 여기저기가 찢겨 있었고, 간간이 이빨에

팬 자국 같은 것도 보였다. 녀석들은 꼭 흔적을 남겼다. 밥을 먹고 나면 어김없이 밥그릇을 어딘가로 던져놓았던 것이다. (이유가 뭔지는 지금도 모르겠다.) 사라진 밥그릇을 멀리 떨어진 곳에서 한꺼번에 발견했을 때의 당혹스러움이란!

너구리는 잡식성. 다행히 고양이 사료를 먹어도 탈은 없을 것 같았다. 동생과 나는 먹을 것이 부족해 인가 가까이 내려온 녀석들이 안쓰러워 고양이 급식소 밖에 너구리용 사료 한 그릇을 따로 마련해두기로 했다.

한 달이나 지났을까. 어느 날부터 너구리의 흔적이 보이지 않았다. 급식소는 더할 나위 없이 깨끗했고, 심지어 밥이 남는 날도 있었다. 포털사이트를 찾아보니 너구리는 갯과 동물 중 유일하게 겨울잠을 자는 동물이라고 했다.

그런데 12월 초, 이상한 일이 일어났다. 너구리가 활동하던 때처럼 밥그릇이 멀찍이 던져져 있고, 그릇들이 더럽혀져 있었다. 다른 야생동물의 소행인가? 근처 개들이 와서 먹고 간 건가? 하지만 그렇다고 하기엔 그 폐허의 모습이 무척이나 익숙했다. 필시 너구리가 새겨놓은 인장임에 틀림없었다.

우리의 예감은 적중했다. 얼마 지나지 않아 너구리 두 마리가 언덕을 어슬렁거리는 모습을 보고야 말았다. 동면에 들어가야 할 시기가 한참 지났음에도 너구리들은 잠을 자지 못하고 있었다.

지난해 겨울은 유독 포근했다. 기온이 영하 10도 아래로 내려가는 날이 거의 없었고, 반짝 추위가 찾아와도 하루 이틀이면 풀리곤 했다. 캣맘 입장에선 고양이들 먹을 물이 얼지 않아 좋았다. 칼바람이 부는 날 고양이들을 두고 집으로 들어오는 건 가장 괴로운 일 중 하나인데, 작년 겨울은 발 뻗고 잘 수 있는 날이 많았다.

그러나 여기까지는 모두 인간의 생각이었다. '따뜻한 겨울'이 동물들에게 얼마나 큰 혼란을 주는지는 미처 생각지 못했다. 11월부터 3월까지 잠을 자야 하는 너구리가 12월 초까지 동면에 들지 못했다면 그건 위험 신호였다.

너구리들이 이 상황을 어떻게 받아들일까 심히 고민스러웠다. 기온이 떨어져서 잠을 자러 들어갔는데 날이 따뜻해진다? 너구리들은 겨울이 끝난 줄 알고 잠의 초입에서 서둘러 빠져나왔을 것이다. 그런데 활동을 재개하려는 순간, 기온은 다시 곤두박질친다.

당혹스러운 동물이 너구리뿐일까. 지구 온난화에 따른 생태계 교란은 동물의 멸종으로까지 이어진다. 대표적으로 코알라 같은 동물은 지구 온난화 때문에 종 보존에 어려움을 겪는다. 코알라들은 주식인 유칼립투스 잎을 통해 수분을 섭취하는데, 온난화로 이 나무가 잘 자라지 못한다. 가뜩이나 개체수가 줄어든 코알라는 최근

호주 산불로 더 큰 위기를 맞았다. 이 산불 역시 온난화로 인한 이상 고온 탓임을 생각하면 동물들 앞에 머리라도 조아려야 할 것 같은 심정이 된다. 영국「가디언」지는 향후 20년 내에 코알라의 3분의 2가량이 사라질 것이라고 보도했다.

북극곰의 경우 시간이 갈수록 더 큰 피해를 입고 있다. 북극 온도가 상승하면서 물개 사냥이 어려워지자, 북극곰들이 자기 새끼를 잡아먹는 일이 늘고 있다. 곰에게는 동족 포식을 뜻하는 '카니발리즘'이라는 습성이 있지만, 이는 과거에는 매우 드물게 나타나던 것이라고 한다.

온난화의 재앙이 덩치 큰 동물에게만 미칠 리 없다. 지난 1월, 나와 동생은 고양이 밥그릇 밑에서 꼬물거리는 개미를 보고 그 자리에 얼어붙고 말았다. 겨우내 굴속에서 동면해야 할 개미가 한겨울에 활동하고 있다니. 재앙은 계속 몸집을 키워가고 있다. 다음은 우리 인간 차례다.

# 변신

홍상수 감독의 영화 '당신자신과 당신의 것'(2016)에서 유독 마음을 끄는 장면이 있다. 주인공 민정이 카페에서 자신에게 알은체하며 다가오는 남자 재영을 처음 보는 이 취급하는 장면이다. 남자가 "너 민정이 아니야?"라고 묻자, 민정은 "민정이가 누군데요? 저 모르는 사람인데…"라고 대답한다. 남자는 왜 자기를 모르는 체하냐며 그녀를 다그치고, 두 사람 사이엔 "내가 널 몰라?", "사람 잘못 보셨다" 같은 대화가 오간다. 하지만 관객은 알고 있다. 민정은 이 남자를 알고 있고, 짐짓 모르는 척 연기하고 있다는 것을. 이때 민정이 읽고 있는 책은 공교롭게도-물론 홍상수 감독의 의도다-카프카의 『변신』이다.

일상에서 나는 '민정'이 되고 싶은 충동을 종종 느낀다. 과거의 나를 아는 사람이 알은체를 해 오면, "나는 당신이 아는 그 사람이 아니다"라고 시치미를 떼고 싶어지는 것이다. 물론 이전의 나는 현재의 나와 많은 것을 공유한다. 이를테면 가족, 몸 여기저기에 있는 흉터, 불안하면 입술을 물어뜯는 버릇까지. 그러니 내 몸속 어딘가에는 과거의 내가 살아 있을 것이다. 동시에 미래의 나도 얼마간 배태되어 있으리라고 나는 믿는다. 하지만 아무리 생각해도 '같은 사람'은 아니다. 당신과 내가 다른 사람이듯, 과거의 나는 지금의 나와 너무도 판이하다.

채식을 시작하고 동물들을 구조하면서 나는 문자 그대로 '다른 사람'이 되었다고 느꼈다. 서른세 살까지 나는 나와 내 가족의 안위만을 염려하는 사람이었지만, 서른셋 이후로 그런 삶이 다소간 부끄러워졌다. 내 안보다 바깥을 더 많이 고민하는 사람이 되고 싶었고, 그렇게 되기 위해 노력했다.

그러나 과거가 자꾸 내 발목을 잡았다. 다른 사람들에게 채식의 중요성과 공장식 축산의 문제점을 이야기할 때, 펫숍에서 동물들을 돈 주고 '구매'하는 것의 문제점을 이야기할 때 과거의 내가 걸어 나와 현재의 나를 비웃었다. 뷔페에서 마구 고기를 먹던 나, 생명을 돈 주고 산다는 것이 어떤 의미인지 모르던 나, 동물의 아픔을 외면하던 나. 그저 내 한 몸 잘살면 그만이라며 사회문제에 적극적으로 목소리를 내는 사람들 앞에서 비뚤어진 자부심을 느끼던 나. 과거의 나는 현재의 나를 자꾸만 검열했다. 어느 순간, 스스로가 '당위'를 내세운다는 것이 우습게 느껴졌다. "너도 얼마 전까지 고기 먹던 사람"이라는 동료의 말에 찔린 듯 아팠던 것도 이 때문이다.

홍상수의 영화는 이런 나를 다독였다. 인간은 변할 수 있고, 매순간 변하는 존재라고. 그러니 과거에 매여 현재를 그르치지 말라고. 영화가 말하는 바에 따르면, 외

모가 변하는 것만이 변신이 아니다. 속사람이 변하는 것이 진짜 변신이다. 그러니 이전의 내가 어떤 사람이었든, 내게 중요한 것은 현재와 현재를 충실하게 살려는 의지일 것이다.

영화 개봉 직후 홍 감독은 한 영화 잡지와의 인터뷰에서 이렇게 말했다. "내가 당장 실제로 하는 것, 해야 하는 것에만 충실한 것, 그러곤 생각하지 않고 지금 앞의 그 작은 것에서 모든 것의 진동과 냄새를 느끼려 하는 것"*이 중요하다고.

영화에 힘입어 나는 또 한 번 다른 내가 되기로 마음먹는다. 머물지 않고 흘러가보기로 다짐한다. 그리고 그런 기준으로 타인을 볼 수 있게 되기를 희망해본다. 과거가 어떠했든, 그의 현재를 볼 수 있기를.

* [씨네 인터뷰] 홍상수 감독이 말하는 열여덟 번째 장편영화 〈당신자신과 당신의 것〉(김혜리 기자)

# 사육곰

✳

3년 전 여름, 취재차 충남 당진의 한 곰 사육 농장을 찾아갔다. 쓸개를 채취하려는 목적으로 100여 마리 곰을 키워 도축하는 곳이었다. 지금은 찾는 사람이 거의 없지만, 곰 쓸개는 한때 '웅담'이라는 이름으로 불리며 정력 보조제로 각광받았다. 2017년 기준 660여 마리가 여전히 인간의 '정력 보강'을 위해 사육되고 있었다.✳

당시 나는 사회부 사건팀에서 일하고 있었다. 사회부 캡-일선에서 경찰 기자를 지휘하는 사람을 이렇게 부른

---

✳ 동물자유연대에 따르면, 2019년 10월 기준 전국 사육곰은 479마리다.

다—이던 선배는 내가 동물 문제에 관심이 있다는 것을 알고 이곳을 취재해보라 권했다. 애정이 있는 사람이 더 좋은 기사를 써 올 것이라는 기대에서였다. 나는 흔쾌히 알겠다고 대답했지만, 처참할 것이 분명한 사육장의 모습을 가까이에서 지켜봐야 한다는 것이 내심 두려웠다.

근처에 도착하자 멀리에서부터 냄새가 진동했다. 배설물 냄새와 곰의 체취가 뒤섞인 악취였다. 곰들은 제대로 설 수도, 누울 수도 없는 크기의 철창을 여러 마리가 나누어 쓰고 있었다. 철창은 식용견 농장의 개들이 쓰는 것과 같은, 바닥이 지면에 닿지 않는 '뜬장'이었다. 그 아래로 음식물 쓰레기와 배설물이 수북이 쌓여 있었다. 얼마나 오래 치우지 않았는지 흘러나온 오수가 땅을 뒤덮었고, 끊임없이 파리가 날아들었다.

가까이에서 본 곰들의 모습은 생각보다 훨씬 더 처참했다. 마르고 피부가 상한 곰이 대부분이었고 귀가 잘린 곰도, 코가 뜯겨 나간 곰도 있었다. 어떻게 된 것이냐고 묻자 농장주는 "스트레스를 받아 서로 물고 뜯어 그렇게 된 것"이라 했다. 잘 움직이지 않던 곰들은 농장주가 자두 몇 알을 들고 와 철창 안으로 넣어주자 돌변했다. 다른 곰보다 먼저 자두를 차지하기 위해 앞발을 뻗었고, 날카로운 소리를 내며 서로 위협했다. 촬영팀 선배는 "평소에 신선한 음식을 먹지 못하니 자두 한 알에도 흥분하는 것 같다"며 마음 아파했다.

농장주는 곰에게 가까이 다가가거나 손을 내밀지 말라고 여러 차례 경고했다. 곰의 발톱에 신체 일부가 걸리기라도 하면, 곰은 어떻게든 그 사람을 잡고 놓아주지 않을 거라고 했다. 하지만 내게 야생의 활기를 잃은 곰들은 위협적으로 보이지 않았다. 천하제일의 맹수도 인간이 만든 철창 안에서는 그저 '사육곰'일 뿐이었다.

곰 앞에 '사육'이라는 두 글자가 붙는다는 사실을 편히 받아들일 수 없었다. 자연 상태의 인간은 맹수 앞에서 목숨을 구걸할 수밖에 없는 신세이기에, 사육과 곰이라는 두 단어의 조합은 굉장한 역설로 느껴졌다. 자기 생명이 위협당할 수 있다는 사실을 알면서도 맹수조차 돈이 되면 길들이려는 인간. 그 인간의 손에 사육당하는 곰들은 죽기 전에는 철창 밖으로 나갈 수도, 바깥을 디딜 수도 없다. 오로지 상품 가치가 인정될 때만, 시장의 논리가 작동할 때만 밖으로 나갈 수 있다.

그러나 자본의 시계는 끝내 멈추고 말았다. 농장주는 쓸개 수요가 없어 더 이상 돈이 되지 않는다며 곰 사육에서 손을 떼고 싶다고 했다. 한 달 사료 값만 수십만 원에 달하는데 더는 감당할 수 없다는 것이다. 그래서 곰들에게 잔반을 먹였던 것일까 의아해하던 찰나, 농장주 소유라는 독일산 대형 세단이 눈에 들어왔다. 해당 브랜드의 차 중에서도 매우 비싼 축에 속하는 것이었다.

곰들을 생명이 아닌 자본으로 환산하는 것은 환경부도 마찬가지였다. 동물보호단체들은 환경부가 곰들을 '매입'해주길 바랐고, 최근에는 사육곰 보호구역인 '생추

어리'를 조성하자는 제안도 했다. 하지만 환경부는 이 모두를 "예산 확보가 어렵다"는 이유로 거절했다. 환경부 관계자는 관련 사업을 진행하려면 사회적 공감대가 먼저 형성되어야 한다는 취지의 발언을 했다. 내게 이 말은 '곰들을 위해서 무언가를 할 돈도, 그럴 의지도 없다'는 뜻으로 들렸다.

사육곰 문제에 대해서만큼은 의견이 갈리는 것 같지 않은데도 환경부는 여론을 핑계 삼아 해결을 차일피일 미루고 있다. 그러나 옳은 일이라면, 설사 시민들의 의식이 따라가지 못한다 해도 제도가 선도할 수 있어야 한다. 더욱이 생명 존중이라는 중요한 가치의 복원을 위해서라면 당위를 따질 필요도 없다.

2011년 중국에서는 산 채로 쓸개를 채취당하던 새끼곰의 절규를 들은 어미곰이, 철창을 부수고 탈출해 새끼곰을 죽이고 자기 목숨을 끊는 일도 발생했다.* 지금 우

* 2011년 9월 2일자 조선일보 기사

"나는 동물권 옹호자입니다"

리나라 상황은 이때의 중국과 얼마나 다른가.

글을 쓰기 위해 사육곰들의 상황을 다시금 찾아보며 좌절했다. 3년 전, 취재에 도움을 주었던 동물단체 관계자는 "환경부가 곰들의 죽음을 기다리고 있는 것 같다"고 했다. 슬프게도 그 말은 아직까지 유효하다. 법과 제도는 느리고, 때때로 그건 의도적이다.

# 머리 냄새

✳

남자친구와 나들이하고 돌아오는 길이었다. 우리는 4호선 지하철을 타고 나란히 앉아 있었다. 한창 이야기를 하던 중, 남자친구가 어디선가 역한 냄새가 난다며 주위를 살피기 시작했다. 노후한 열차에서는 간혹 퀴퀴한 냄새가 나기도 하니, 나는 '그런가 보다' 하면서 별다른 대꾸를 하지 않았다. 그런데 별안간 남자친구가 무언가에 공격당한 표정을 지으며 자리에서 일어섰다. 놀란 내가 따라 일어서려 하자 당황한 그는 재빨리 한 발 뒤로 물러났다. 냄새의 근원이 내 머리였던 것이다.

잠시 말을 잇지 못하던 남자친구가 정신을 차리고 던진

"나는 동물권 옹호자입니다"

첫 마디는 "오늘부터 '머리와 어깨' 샴푸 쓰자"였다. 유명 글로벌 기업에서 만드는, 두뇌 속 기름기까지 제거한다는 바로 그 샴푸였다. 머쓱해진 나는 애써 숨을 참는 남자친구의 턱 밑에 머리통을 들이밀었다. "날 사랑한다면 내 냄새를 맡으라" 종용하며.

그날 밤 집에 돌아와 포털사이트에 '머리와 어깨' 샴푸를 검색했다. 남자친구도 남자친구였지만, 내 냄새에 내가 괴로웠던 적이 한두 번이 아니었기 때문이다. 시험 삼아 써본 녀석은 명성대로 과연 대단했다. 때로는 머리카락이 뽀드득하다 못해 뻣뻣해질 정도였다. 머릿결이 상하는 것 같긴 했지만, 지성과 두피를 겸비한 내가 고민할 일은 아니었다.

샴푸 덕에 우리의 거리는 다시 가까워졌다. 남자친구는 때 빼고 광낸 내 머리에 자주 코를 파묻었다. 그가 "너는 평생 P○○에 감사하며 살아야 한다"고 일갈할 때마다 우리는 자지러졌다. 벌써 오래전의 일이다.

고백하자면 나는 요즘 조금 냄새가 나는 채로 살고 있다. (이 글을 읽은 누군가가 실제로 그런지 확인하러 오지 않기를 바랄 뿐이다.) '머리와 어깨' 샴푸는 물론 P○○에서 나오는 모든 물건은 이제 우리 집에 없다. 악명 높은 동물실험 전력을 알고 난 후 더는 그 회사의 제품을 쓸 수 없었다.

그나마 다행스러운 것은 화장품 동물실험을 막는 법 개정안이 2015년 12월 국회 본회의를 통과했다는 사실이다. 그에 따라 국내 동물실험은 2017년 2월 금지되었다. 하지만 예외 조항도 있다. 동물대체실험법이 존재하지 않을 시 화장품 제조 및 취급자가 아닌 제3자는 연구 목적으로 동물실험을 할 수 있다.

더 큰 문제는 중국 수출에 있다. 중국은 동물실험을 하지 않은 화장품은 유통하지 못하도록 하고 있기 때문에 중국 시장에 진출하는 기업은 백이면 백 예외 없이 동물실험을 거친다고 봐야 한다. 다시 말해 내수용으로 비건 화장품을 만들어 파는 회사도, 중국 수출용 상품을 위해서는 동물실험을 할 수 있다는 이야기다. 그리고 불행히도 국내 유수의 업체는 이미 중국 시장에 진출해 있다.

처음 마스카라 테스트에 동원되는 토끼 이야기를 들었을 때 나는 크게 충격을 받았다. 마스카라는 토끼의 죽음으로 만들어진다. ('희생'이라는 단어를 썼다가 지웠다. 희생은 어딘가 자발적인 냄새를 풍긴다.) 화장품 회사 사람들은 좀처럼 눈물을 흘리거나 눈을 깜빡이지 않는 토끼의 습성이 마스카라의 지속성 테스트에 적합하다고 판단했다. 이런 이유로 토끼를 움직이지 못하게 틀에 잡아 가두고, 눈 점막에 화학 물질을 넣는다. 이 과정에서 괴로움에 몸부림치다 목이 꺾여 죽은 토끼가 허다하다. 인간의 잔학성은 여기서 그치지 않는다. 토끼는 끝내 안락사되고, 안구는 적출돼 연구용으로 쓰인다.

토끼의 죽음으로 더 길어진 속눈썹을, 나는 예쁘다고

생각하지 않는다. 토끼의 죽음으로 크고 또렷해진 눈매를 나는 매력적이라고 여기지 않는다. 누군가의 목숨을 담보로 얻는 것을 아름다움이라 부를 수도 없지만, 설사 그렇다 해도 그 아름다움과 수천 수만 마리 토끼의 목숨을 바꿀 수는 없다. 여기까지 쓰고 나니, 아름다움이 대체 무엇인지 묻고 싶어진다.

동물보호단체들은 화장품 실험으로 희생되는 동물은 연간 10만~20만 마리로, 전체 실험동물 중 일부에 불과하다고 지적한다. 동물자유연대에 따르면 2015년 기준 우리나라에서 실험으로 죽은 동물만 250만 마리에 달한다.

다른 생명의 목숨줄을 밟고 그 위에 서서 숨 쉬는 것은 멈춰야 한다. 어디서 시작해야 할까. 바로잡을 수 있는 사람은 당신과 나뿐이다.

# 세미나

❊

초보 비건 시절, 한 동물권 세미나에 참여했다. 일주일에 한 번 모여 함께 동물의 권리에 대해 공부하고 경험담을 나누는 자리였다. 첫 시간, 나는 잔뜩 고무됐다. 모인 사람 모두가 동물 관련 의제에 관심이 있었고, 반려동물과 함께 사는 사람도 많았다. 나를 포함한 절반 정도는 비건을 지향하는 채식주의자였고, 나머지 절반은 앞으로 채식주의자가 될 예정이거나 비건 지향 생활에 관심 있는 이들이었다. 우리는 저녁 식사 대신 비건 간식을 나누어 먹으며 토론했다.

당시 나는 스트레스를 받고 있었다. 고기를 먹지 않기

로 하면서 일상을 무난하게 영위하는 것이 쉽지 않았기 때문이다. 회사에선 당장 매일의 메뉴를 고민해야 했고, 만나는 사람들에게 채식의 이유 같은 것도 반복해 설명해야 했다. 자주 외로웠고, 그만큼 위로가 절실했다. 같은 곳을 바라보는 사람을 만나 이야기를 나누고, 나만 그런 것이 아니라는 동질감 비슷한 것도 느끼고 싶었다. 물론 현실적인 이유도 있었다. 내 신념을 지키기 위해 어느 정도는 이론으로 무장할 필요가 있었다. 낡은 영양학적 지식 때문에 채식을 오해하는 사람이 생기는 것도 막고 싶었다.

처음 몇 주간은 행복했다. 첫 시간엔 각자 세미나에 참석한 이유를 소개하고, 앞으로 무엇을 공부하고 싶은지 이야기를 나눴다. 두 번째 시간부터는 동물의 감정에 대해 스터디했다. 저마다 동물을 돌본 경험을 꺼내놨고, 나 역시 캣맘으로서 고충을 털어놨던 것 같다. 비슷한 고민을 하는 이들 앞에 서니 마음이 말랑말랑해져 나도 모르는 사이 굉장히 수다스러워졌던 것으로 기억한다.

"나는 동물권 옹호자입니다"

셋째 주였던가, 세미나장이 강아지 한 마리를 돌보고 있다는 사실을 알게 됐다. 그가 오가는 길에 강아지 한 마리가 묶여 있는데, 밥을 제대로 먹지 못했는지 건강 상태가 안 좋아 보인다고 했다. 그런데 누군가 몰래 먹을 것을 챙겨준다는 사실을 안 주인이 강아지를 사람들이 잘 볼 수 없는 뒤쪽으로 옮겨놓았고, 자신이 손길을 더 뻗었다가는 먹을거리마저 못 챙기게 될 것 같아 이러지도 저러지도 못하고 있다는 이야기였다. 동물단체에 연락해보고 경찰에도 알려봤지만, 강아지를 구할 방법은 없었다. 비인간 동물은 현행법상 사유재산, 즉 '누군가의 소유물'이기 때문이다. 방치는 학대의 한 형태임이 분명하지만, 강아지가 눈에 띄게 부상을 입지 않은 이상 이를 증명할 방법도 없었다. 세미나장은 내게 강아지를 도울 방법이 없을지 함께 고민해봐달라고 했다. 그러나 불행히도 내가 할 수 있는 일은 거의 없었다.

비슷한 시기, 내가 돌보던 길고양이 중 한 마리가 떠났다. 그 고양이가 병원에서 치료를 받는 동안 나와 동생은 거의 초죽음 상태였다. 퇴근길엔 물론이고 점심시간에도 병원에 갔다. 아이가 밤중에 갑자기 떠날까 봐 잠조차 제대로 잘 수 없었다. 세미나장에게서 들은 강아지 이야기가 자꾸만 신경 쓰였지만 거기까지였다. 세미나장과 다른 세미나원들이 필시 무슨 방법을 찾아내 강아지를 구해 올 것이라 애써 믿는 동안 시간은 흘렀다. 그리고 얼마 후, 그 강아지가 세상을 떠났다는 소식을 들었다. 나는 그 자리에 붙박인 채 아무 말도 할 수 없었다. 나는 동물권을 공부하러 간 세미나에서, 정작 도움이 필요한 동물을 외면한 사람이었다.

무언가를 할 수 있었음에도 모른 척한 것은 맹세코 아니다. 내가 발 벗고 나섰다 해도 상황은 달라지지 않았을 확률이 높다. 그러나 그런 노력조차 해보지 않은 것이 오래 죄책감으로 남았다. 결국 나는 나를 위해 세미나에 간 것이었다. 내 마음의 안정을 찾기 위해서, 위로받기 위해서. 동물권 공부는 그저 핑계에 불과했다. 나는 도망치듯 스터디를 빠져나왔다.

그때부터 지금까지 변하지 않는 생각이 있다. '내가 해야 한다'는 것. '누군가가 하겠지', '돌보는 사람이 있으니 그가 하겠지' 같은 건 통하지 않는다. 무언가 해보고 싶어도 어느 순간 돌이킬 수 없이 늦고 만다.

살리는 예술

# 오웰과 네루다

✳

대학 1학년 시절 전공수업 시간, 교수님이 말씀하셨다. "국문학도로서 우리는 단 한 줄로도 읽는 사람의 마음을 울릴 수 있는 품위 있고 아름다운 문장을 쓰는 사람이 되어야 한다." 막 대학에 들어간 멋모르는 새내기였던 나는 교수님의 말씀에 속수무책 가슴이 울렁였다. 이 말은 씨앗이 되어 마음 한구석에 심어졌고, 무럭무럭 자랐다. 이후 누군가 나에게 삶의 지향점을 물어오면 나는 "아름다운 문장을 쓰는 사람"이라 답했다. 언론사 입사 과정에서 자기소개서를 쓸 때도 이 포부를 진심을 담아 눌러 썼던 것 같다. 그러니 10년 넘도록, 그 말씀은 내 삶의 목표였던 셈이다.

'아름다운 문장'에 대한 욕심은 그러나, 동물 구조에 관한 경험담을 글로 쓰고 싶다는 생각이 들면서 사그라졌다. 비인간 동물의 팍팍한 삶에 대해 쓰면서 나는 자주 내 목표에 걸려 넘어졌다. 마디마디 분노가 맺힌 글 어디에도 아름다움이 들어설 자리는 없었다. 아름다워질 수 없다면 차라리 더욱 날것 같은 문장을 쓰자고, 정제되지 못할지언정 스스로에게만은 솔직한 문장을 쓰자고 다짐했다.

그리고 조지 오웰을 만나면서 나는 비로소 '아름다운 문장을 쓰겠다'는 목표를 폐기했다. 조지 오웰은 에세이 「나는 왜 쓰는가」에서 글쓰기의 동기를 네 가지로 분류했다. 첫째, 쓰기를 통해 자신을 드높이고 싶은 순전한 이기심. 둘째, 외부 세계의 아름다움을 포착해 기록하려는 미학적 열정. 셋째, 사물을 있는 그대로 보고 그것을 보존하려는 역사적 충동. 마지막 네 번째는 정치적 동기였다. 오웰은 불의를 감지하고 그것을 고발하는 데서 글쓰기의 목적을 찾았다. 그랬기에 "책을 쓸 때

살리는 예술

스스로에게 '예술 작품을 만들어내겠다'고 말하지 않았다. "의미 없는 문장이나 장식적인 형용사나 허튼소리에 현혹되었을 때는 어김없이 '정치적' 목적이 결여되어 있던 때"였기 때문에.

오웰을 거울삼아 나를 돌아보았다. 그동안 내 글쓰기의 동력은 무엇이었을까. 아무리 생각해보아도 첫째 아니면 둘째였다. 나는 '세계의 아름다움을 포착'해 결국 '잘 쓰는 사람'으로 남고 싶었다. 하지만 비인간 동물들과 만나면서 나의 우선순위는 바뀌었다. 비인간 동물의 삶을 알리고, 그 어려움에 한 사람이라도 공감하게 하고, 공감을 계기로 누군가의 생각을 바꿀 수 있다면 더 바랄 것 없었다. 이제 내게 중요한 것은 자체로 아름다운 글이 아니었다. 내 글이 빛나지 않기를, 외려 누군가의 삶으로 깊이 들어가 묻히기를 바랐다. 오웰만큼은 아니더라도 '정치적으로' 쓰고 싶었다.

여기에 기름을 부은 것은 파블로 네루다였다. 시집 『너를 닫을 때 나는 삶을 연다』에 수록된 시 「보이지 않는 사람」을 처음 읽었을 때의 충격이 기억난다. 이 시 한 편으로, 이 시집은 내가 가장 사랑하는 시집이 되었다. 시에서 네루다는 민중의 괴로운 삶을 외면하고 사랑과 바다를 노래한 옛 시인을 비판한다. 그런 시인들의 세계는 "아무도 비계에서 떨어지지 않"고 "아무도 고통에 신음하지 않"는 세계다. 배고픔이나 분노로 우는 사람도 없다. 옛 시인은 "옥수수처럼 낟알 가득한 삶을 바로 옆에 두고"서 "알지도 못하는 대양에 대해" 쓴다. 그러나 네루다는 다르다. 그는 "모든 이들이 내 삶 속에 살고 내 노래 안에서 노래"하게 하기 위해 "투쟁을 달라"고 말한다. 나는 네루다의 시에서 인류애와 연대의 의지를 본다. 시를 넘어서는 삶을 읽는다. 네루다에게 시와 문학은 바로 옆에서 스러지는 사람을 붙잡아주기 위한 것이었다.

모든 작가가 '정치적인 것'을 의제 삼아야 한다고 생각하지 않는다. 예민한 눈으로 세상의 아름다움을 건져

살리는 예술

올리고, 역사적 책무를 감당해주는 시인과 소설가가 외려 더 많았으면 좋겠다고 생각한다. 나 역시 한 사람의 독자로서 그들이 열어 보여주는 세계에서 위로와 감동을 받기 때문이다. 하지만 내가 보고 경험한 세계를 외면하지 않는 것은 작으나마 내게 주어진 역할이라고 생각한다. 그것 하나라도 제대로 감당할 수 있기를, 오늘도 희망한다.

# 오멜라스로 돌아가는 사람들

✺

어슐러 르 귄이라는 작가를 안 지 오래되지 않았다. 대학 졸업 이후 꽤 오래 문학과 떨어져 살기도 했지만, 선뜻 손이 가지 않았던 것은 르 귄이 SF소설, 즉 장르소설을 쓰는 작가여서였다. 무지한 나는 장르소설이 공상을 바탕으로 한, 그래서 현실과는 대척점에 있는 이야기라고 생각했다. 그의 유명한 단편「오멜라스를 떠나는 사람들」『바람의 열두 방향』도 2년 전에야 읽었다. 결론부터 말하면 르 귄을 시작으로 나는 SF소설이라고 하면 일단 호기심부터 가지고 보는 독자가 되었다.

단편「오멜라스를 떠나는 사람들」은 가상의 도시 오멜

살리는 예술

라스를 배경으로 하고 있다. 오멜라스는 물질적으로도, 정신적으로도 풍요로운 곳이다. 구성원은 부족함 없이 살고 있으며, 모두 지적이고 성숙한 인간들이다. 매일이 축제인 이곳의 유일한 어둠이라면 한 공공건물 지하실에 갇힌 아이일 것이다. 아이는 감금되어 평생 빛을 보지 못하며, 도시는 이 아이의 '희생'으로 지탱된다. 사람들은 모두 그 사실을 알고 있지만 모르는 척한다. 아이를 구하려다가 자기들의 행복이 훼손될 수 있고, 어설픈 연민으로 괴로워질 수 있기 때문이다. 모두가 "아이에게 가까이 가지 않으며 놀랍고 메스꺼운 표정으로 바라보기만" 한다.

이야기를 여기까지 읽었는데 눈물이 멈추지 않았다. 내게 아이는 인간을 먹이고 입히기 위해 제 살과 가죽을 내어주는 비인간 동물로, 오멜라스는 비정한 이 사회로 보였다. 달리 읽을 도리가 없었다. 인간 사회는 비인간 동물의 '희생' 위에 축조되었다. 우리는 비인간 동물에 의존하지 않고는 제대로 먹지도(고기), 입지도(가죽) 못하며, 신발과 가방을 만들 수도 없다. 치장－많은 세면용품과 화장품이 동물실험을 거쳐 만들어진다－을 하지 못하는 것은 물론, 의약품도 사용할 수 없다. 그러나 우리 다수는 비인간 동물의 비참한 삶을 애써 외면하거나 그 고통을 축소한다.

르 귄 역시 비인간 동물을 염두에 두고 소설을 썼을 것이라 생각하게 된 건 이런 표현 때문이었다. "아이는 옥수수 가루와 기름 반 그릇으로 하루를 연명한다. (…) 자신의 배설물 위에 계속 앉아 있었기 때문에 엉덩이와 허벅지는 짓무르고 곪은 상처로 가득하다." 이 문장을 읽으며, 일생을 지저분한 우리에 갇혀 꼼짝하지 못하는 동물들을 떠올리지 않는 것은 불가능했다.

이때 기적이 일어난다. 아이의 고통을 더 이상 지켜볼 수 없어 오멜라스를 떠나는 사람들이 생겨난 것이다. 이들은 침묵에 잠겨 있다가 "오멜라스의 아름다운 관문을 통과해 도시 밖으로 곧장 빠져나간다." 그리고 "어둠

속으로 들어가서는 다시 돌아오지 않는다." 아이의 불행을 볼모로 구가하는 행복이 견딜 수 없어진 것이다. 르 귄은 독자들에게, 누군가의 불행을 대가로 지불해야 하는 행복을 영위할 수 있는지 묻는다.

소설은 타자의 고통을 외면하지 않는 용기를, 앎을 행동으로 옮기는 실천을 보여준다. 타자의 아픔에 눈 감지 않는 이들이 하나 둘 늘어나면, 잘못된 기반 위에 세워진 사회도 바로잡을 수 있다. 르 귄은 가장 쉽고 경제적인 설정으로 이 사회의 부조리를 고발한다.

오멜라스를 떠난 사람들은 어디로 갔을까? 한동안 이 소설이 던진 메시지가 머릿속을 떠나지 않았다. 그리고 올해 초, 김초엽 작가의 소설 「순례자들은 왜 돌아오지 않는가」『우리가 빛의 속도로 갈 수 없다면』를 읽으며 어렴풋이 답을 찾은 것 같다고 생각했다.

단편 「순례자들은 왜 돌아오지 않는가」에는 갈등과 고

난, 전쟁이 없는 마을이 나온다. 마을에는 적은 수의 어른과 그보다 많은 아이들이 살고 있다. 아이들은 성인이 되면 '시초지'라는 곳으로 순례를 떠난다. 일종의 성년식 같은 것이다. 그런데 떠난 이들 중 일부는 어떤 이유에서인지 돌아오지 않는다. 주인공은 돌아오지 않는 사람들에게 무슨 일이 생긴 것인지 알고 싶어 한다. 그리고 마침내 시초지의 진실을 밝히기 위해 모험을 떠난다.

일종의 유토피아인 마을과는 달리, 시초지는 신분이 철저하게 나뉜 계급사회다. 시초지에 사는 이들은 서로를 밟고 그 위에 서려 하며, 결함이 있는 사람은 멸시와 혐오를 받는다. 외롭고 끔찍하고 그래서 고통스러운 곳. 마을을 떠난 순례자들은 일그러진 세계의 모습에 충격을 받는다. 그러나 그곳에서 만난 억압받고 핍박당하는 사람들을 모른 척할 수 없다. 불편한 진실을 맞닥뜨리고 괴로워하던 이들은 곧 하나둘 시초지에 남기로 결심한다. 그리고 그들과 함께 세계에 맞서기 위해 남은 삶을 투신한다. "바꾸지 않는다면 누군가와 함께 완전한 행복을 찾을 수 없으리라는 사실을” 알게 된 것이다.

진실을 알고도 시초지행을 택한 사람들처럼, 어쩌면 오
멜라스를 떠난 사람들도 다시 오멜라스로 돌아가지 않
았을까? 자신이 떠나온 것만으로는 부족해, 돌아가서
사랑하는 사람의 손을 잡고 함께 나오지 않았을까? 혹
은 오멜라스에 남아 그곳을 바꾸기 위해 삶을 바치지
않았을까?

동물권에 눈뜨고 나서 나는 자주 괴로운 마음으로 잠들
었다. 충격적인 기사를 보고 울면서 출근할 때도 많았
다. 이 ‘앎’은 자주 나를 뒤흔들고 불편하게 했다. 그러
나 누군가 내게 비인간 동물과 그들의 삶을 알기 전으
로 돌아가고 싶으냐고 묻는다면, 그러고 싶지 않다고
답할 것이다. 이 불편함을 아는 채, 그리고 안은 채 남은
삶을 살겠다고 결심했기에, 세상을 옳은 방향으로 바꾸
는 데 조금이라도 기여할 수 있다면 나 역시 시초지에
남는 편을 택할 것이다.

르 권과 김초엽처럼 읽는 사람을 앞으로 나아가게 하는 소설을 쓰는 작가가 있는 한 불가능하지 않을 것이다. 아니, 이런 이야기를 읽는 사람이 많아질수록 세상은 환해질 것이다. 이제 내게 SF소설은 더 이상 '공상' 과학소설이 아니다. 그 무엇보다 삶의 얼굴을 한 소설이다.

# 피아졸라와 풀벌레

✳

회사를 급히 빠져나와 광화문역으로 향했다. 오후 6시 30분, 빠듯하게라도 저녁을 먹고 8시 공연에 안착하려면 7시 15분까지는 예술의전당 근처에 도착해야 했다. 모처럼 피아졸라의 음악을 듣는 날이다. 피아졸라의 후예로 불리는 '아스토르 피아졸라 퀸텟'이 오늘 단 하루 공연을 위해 한국에 왔다. 이날을, 나는 예습까지 하며 기다렸다.

걸음을 재촉해 들어오는 열차에 올라탔다. 못다 한 예습을 마저 하려고 가방에서 이어폰을 꺼내는 순간, 바바리 깃 위에 앉은 풀벌레가 눈에 띄었다. 참깨의 3분의

1이나 될까 말까 한 작은 크기였다. 예전 같았으면 미처 생각할 틈도 없이 훅 하고 불어 날렸을 테지만, 그럴 수 없었다. 그 작은 몸에 선연한 풀빛이 온몸으로 생명을 주장하고 있었다.

'내 녹색 바바리가 풀인 줄 알고 앉았나 보구나.' 순간 안쓰러운 생각이 들었다. 나는 이 풀벌레를 적당한 곳에 내려주리라 마음먹었다. 그것이 얼떨결에 내게 자신의 운명을 맡겨버린, 이 작은 존재에 대한 예의일 것 같았다. 열차를 타고 가는 내내 가슴께를 내려다보며 혹 풀벌레가 바닥으로 떨어지진 않았는지 살폈다. 나도 모르는 사이 어깨에 힘이 들어갔다.

차에서 내리자 근처에 조그만 화단이 보였다. 나는 딱 맞는 크기의 나뭇잎을 찾아 조심조심 풀벌레를 떼어 풀어주었다. 옷 위에선 활발하게 움직이지 않던 벌레가 기다렸다는 듯 기어가기 시작했다. 마음 깊은 곳에서 가느다란 실 같은 것이 나슬나슬 풀어지는 것 같았다.

살리는 예술

오랜 기간 예습한 덕분일까, 가벼워진 마음 때문일까. 첫 곡을 듣자마자 정신의 부유물이 차분하게 가라앉았다. 피아졸라의 음악엔 인간 본연의 애수를 소환하는 힘 같은 것이 있었다. 유한한 존재가 느끼는 어쩔 수 없는 슬픔이라고 할까. 음악을 들으며 나는 반사적으로 대자연을 떠올렸다. 끝이 보이지 않는 강, 무한히 펼쳐진 사막. 그 앞의 나는 작고 초라한 인간이었다.

반도네온 소리를 실제로 듣는 것은 처음이었는데, 신기하게도 이 악기는 내 약점을 정확하게 아는 것 같았다. 나는 단단한 듯 구슬픈 그 소리에 단번에 매료되었다. 한限의 악기 해금은 다른 어떤 것보다 반도네온과 죽이 잘 맞았다. 두 악기가 토해내는 울음소리를 들으며 100분간 속수무책 숨을 죽였다.

이따금 클래식 공연에 가면, 음악이 나를 제 손바닥 위에 올려놓고 간지럼을 태우다 바닥으로 내동댕이치기를 반복한다는 생각이 든다. 2시간가량 공연을 보고 나면, 그 2시간 동안 인생의 희로애락을 다 겪어본 자의 태도가 된다. 지저분하던 머릿속은 말끔히 정리되고, 불필요한 욕심도 사라진다. 음악이 그려내는 광대한 우주에서 나는 그저 하나의 점에 불과함을 자각하게 되는 것이다.

저 멀리 우주에서 본다면 나와 풀벌레가 조금도 다르지 않을 것이다. 우리 둘 다 찰나를 살다 갈 필멸의 존재일 뿐. 음악은 나를, 이렇게나 작아지게 만든다.

살리는 예술

# 반지하

＊

중학교 2학년 때부터 고등학교 2학년 때까지 우리 식구
는 방 한 칸짜리 반지하에 살았다. 1층에서 계단 두 개
를 내려가야 현관문이 보이는 집이었다. 당시 내 키가
정확히 얼마였는지는 기억나지 않지만, 계단을 내려와
현관 앞에 서면 마당 높이가 허리께 왔던 것 같다. 화장
실도 집 밖에 있었다. 계단을 내려가야 나오는 집과 달
리, 화장실은 두 계단을 더 올라야 갈 수 있었다. 혹시
모를 역류 사고에 대비해 화장실만은 지층 높이에 만들
어둔 것이었다.

어느 날 학교를 마치고 집에 돌아가는데 엄마에게 전화

가 걸려왔다. 내 친구로 보이는 아이 둘이 나를 뒤따라가고 있으니 집으로 곧장 들어가지 말라는 내용의 전화였다. (나와 같은 교복을 입고, 내 움직임에 따라 걷다가 멈추기를 반복하는 두 아이의 행동이 아무래도 수상했던 모양이다.) 집에 초대해달라는 친구들의 말을 애써 못 들은 척했다고 엄마에게 털어놓은 것이 불과 며칠 전 일이었다. 아무리 졸라도 집을 보여주지 않자 친구들이 끝내 내 뒤를 밟아 쫓아온 것이었다.

그날 밤, 잠이 오지 않았다. 학교에 가서 웃으며 친구들 얼굴을 볼 자신이 없었다. 오늘은 운 좋게 위기를 넘겼지만 언제 또 친구들이 나를 미행할지 알 수 없었다. 친한 친구들이라고 믿었던 만큼 배신감도 컸다. "우리 집은 좁고 초대할 만한 곳이 못 된다"고 분명하게 거절 의사를 밝혔는데 왜 따라온 걸까. 내 가난을 구경이라도 하고 싶었던 걸까.

영화 '기생충'을 보고 학창시절을 떠올리게 된 것은 회사 동료의 말 때문이었다. 동료는 "요즘 세상에 저렇게 사는 사람이 어디 있느냐"며 영화 속 가난이 과장됐다고 주장했다. 화장실에 가기 위해 턱을 올라본 적 없는 이에게 하수구가 역류해 오물이 가득 차는 집은 영화 속 세트 그 이상도 이하도 아닐 터였다. 누군가에겐 실존인 가난이 다른 이에겐 그저 허구이자 재미난 구경거리일 뿐이다. 가난은 그만큼 자주 '관찰'되고, 대상화된다.

의아했던 것은 내 주위 어디에도 '부가 과장됐다'고 지적하는 사람은 없었다는 것이다. 우리 중 다수는 분명 박 사장<sup>이선균</sup>처럼 부유하지 않은데도 사람들은 '부자들의 세상'을 받아들이는 데는 거부감이 없어 보였다. 관객이 자신의 위치를 기택<sup>송강호</sup>보다 박 사장에 가깝다고 느꼈기 때문인지, 그를 향한 동경이 심리적 거리를 없애버린 것인지는 모르겠다. 상상력조차 위로만 작용한다는 사실이 어쩐지 씁쓸했다.

우리가 문학과 영화를 접해야 하는 이유도 여기에 있지

않을까. 우리는 '생득'을 벗어나기 어렵다. 인종, 성별, 성적 지향 등 타고난 조건이 사고를 지배한다. 내 입장과 처지를 벗어나 다른 이의 삶을 상상하는 것은 쉽지 않다. 그러나 문학과 영화는 이것을 가능하게 한다. 딛고 선 자리를 벗어나 다른 사람의 자리에 서보는 것. 불완전하게나마 그들의 입장이 되어보는 것. 책과 영화를 통해 우리는 다시 태어나지 않고도 타인의 존재를 감각할 수 있다.

그러니 핵심은 영화 바깥에 있을 것이다. '기생충'이 누군가의 현실임을 인지하고, 그를 통해 다른 삶의 모습을 이해하는 것. 영화가 바라보는 곳도 결국 그 바깥이 아닐까.

살리는 예술

# 실격당한 사회를 위하여

❋

1호선 전철을 타고 출근하는 길, 열차가 자꾸만 멈춰 섰다. 열차는 한 정거장 가고 몇 분 쉬고, 또 한 정거장 가고 몇 분 쉬고를 반복하고 있었다. 1호선은 유독 고장이 잦은 데다 앞차 운행이 더딘 경우 정차한 상태로 오래 머물기도 해서 나는 일찌감치 이른 출근은 단념한 상태였다. 그때 안내 방송이 흘러 나왔다. 장애인들이 휠체어에 탑승한 채 신길역에서 시청역까지 정거장마다 타고 내리기를 반복하는 '승하차 시위'를 하고 있어 열차 운행이 원활하지 못하다는 내용이었다.

불쾌한 마음이 불쑥 솟았다. 내 목적지가 시청역이었기

때문이다. 출근 시각인 오전 11시까지 맞춰 가려면 늦어도 시청역에서 10시 55분에는 내려야 했는데, 이 속도라면 어림도 없을 것 같았다. (또 늦었다!) 나와 멀지 않은 곳에 서 있던 중년 남성은 "시위고 뭐고, 출근을 못하게 막으면 어쩌라는 거냐"며 큰소리로 불만을 표시했다.

순간 이런 생각도 들었다. 오죽했으면 다른 사람들 출근까지 늦춰가며 이렇게 시위를 할까. 세상이 얼마나 들어주지 않았으면 이런 방법을 택했을까. 평소 동물권에 대해 아무리 이야기해도 변화는커녕 경청조차 하지 않는 사람들을 상대하며 상처받아온 터였다. 그 갑갑함을 모르지 않는 내가, 비인간 동물이 아닌 다른 약자에게는 배타적인 마음을 품은 것이다.

더욱이 오전 11시는 출근하는 사람이 많지 않은 시각이고, 신길역에서 시청역까지는 여섯 정거장에 불과했다. 어쩐지 시위 시간과 장소까지 비장애인에게 끼칠 피해

살리는 예술

를 최소화하는 쪽을 선택한 것 같다는 생각이 들자 마음이 좋지 않았다.

기본권조차 제대로 누리지 못하면서 옳은 것을 주장할 때마저 다른 사람의 편의를 고려해야 하는 사람들. 이 사회에서 장애인은 명백한 약자였다. 그 앞의 나는, 매일같이 이동권을 행사하며 살아왔음에도 단 하루의 불편도 참지 못하는 비장애인이었다.

이날 경험을 반추해보게 된 것은 김원영 변호사의 책 『실격당한 자들을 위한 변론』덕분이었다. 책은 나의 편견을 조각냈다. 동물권을 접한 이후 나는, 스스로가 모든 생명의 개별성을 존중하는 방향으로 성장하고 있다고 생각했다. 그러나 착각이었다. 나는 장애인을 선호와 욕망을 가진 개별적 주체로 상상하지 못하고 있었다. 김원영 변호사는 이것을 '기호화'라고 이야기했다. "죽을 때도 추상적 속성을 표시하는 '장애인'이라는 기호 때문에 죽고, 죽은 후에도 기호로만 남"는 사람들.

그 때문에 존엄을 훼손당하는 사람들이 바로 장애인이었다.

나는 장애인을 기호가 아닌 인간으로 본 적 있었나 진지하게 자문했다. 비장애인을 좋아하는 기준으로 장애인을 좋아한 적 있었나? 비장애인에게 매료되는 그 이유로 장애인에게 매료된 적 있었나? 비장애인을 비판하고 싫어하는 정확히 그 이유로, 장애인을 비판하고 싫어한 적 있었나? 아무리 기억을 되짚어봐도 없는 것 같았다.

김원영 변호사에 따르면 장애인들이 원하는 것은 그저 '옆 사람'으로 간주되는 것이다. 그들은 불굴의 의지로 역경을 이겨낸 사람이 되는 것도, 연민의 대상이 되는 것도 원치 않는다. 그저 자기 자신으로 남기를 원한다. 하나의 '정체성'으로서 장애를 가진 사람. 내가 시원한 아메리카노를 좋아하고 영화를 사랑하는 캣맘인 것처럼, 누군가는 따뜻한 차를 좋아하고 책을 사랑하는 골

형성부전증이라는 장애를 가진 떡볶이 마니아일 수 있는 것이다.

일생을 비장애인으로 살아온 사람이 책 한 권 읽는다고 장애인을 이해하게 될 수는 없을 것이다. 이해하게 되어서도 안 된다. 신영복 선생의 말씀처럼 "입장의 동일함"이 전제되지 않는 이상, 우리는 타인의 처지를 100% 이해할 수 없다. 그러므로 이해한다고 말해서도 안 된다. 하지만 할 수 있는 것이 있다면, 그건 그들을 발화하게 하고 그 목소리를 존중하는 일일 것이다.

김원영 변호사는 비장애인들에게, 장애인을 향한 "무관심한 척하는 존중"이 필요하다고 말한다. 그는 "자폐 아동에게 무관심하다는 듯 아무렇지 않게 책으로 눈길을 돌리는 대학생"에게서 장애인을 인격체로 존중하는 모습을 발견한다. 그리고 거기서부터 존중의 상호작용이 시작된다는 것을 깨닫는다.

책을 덮으며, 지하철에서 장애인을 만나면 '무관심한 척하는 존중'을 실천하리라 다짐했다. 그러나 그 이후 한 번도 대중교통에 오른 장애인을 보지 못했다. 그날 '우리에게도 이동권을 달라'고 몸으로 외치던 장애인들의 절박함을 아주 약간은 알 것 같았다. 그 약간은 물론 이 벽돌 같은 책이 내게 준 가르침일 것이다. 모든 것을 새롭게 배우는 마음으로, 나는 오늘도 출발선에 선다.

# 보니것은 알고 있다

✳

커트 보니것의 책을 처음 접하는 사람이라면 가장 먼저 그의 문투가 눈에 들어올 것이다. 차갑고 냉소적이며, 시종일관 툴툴댄다. 그는 꼭 멀찍이서 팔짱 끼고 사태를 지켜보는 방관자 같다. 그러나 다시 찬찬히 읽다 보면 알게 된다. '아! 이 작가는 누구보다 지구와 인류를 사랑하는구나.' 보니것의 대표작 『제5도살장』을 읽으며 이 사랑스러운 할아버지에게 단단히 빠져들었다.

이제껏 보니것만큼 솔직하고 거침없는 작가를 본 적이 없다. (물론 독서가 부족한 탓이다.) 그의 에세이 『나라 없는 사람』은 정치와 정치인에 대한 온갖 빈정거림으로 가득하다. 그는 결코 에둘러 가지 않는다. "미치광이 환자들만이 우두머리가 되고자 나선다"며 미국 정부의 요직을 차지한 자들을 정조준하고, "지식이 있고 생각이 있는 사람은 워싱턴DC에서 환영받지 못한다"며 정치인을 조롱한다. "(사람들은) 나라의 지도자들이 제 나라 국민들을 불쌍히 여길 줄 안다고 가정한다" 같은 대목을 읽으면, 잠자던 정신이 번뜩 깨는 느낌이다.

하지만 진짜 보니것이 얼굴을 드러내는 것은 인간과 사회에 관한 통찰을 내보일 때다. 그는 결코 무게 잡지 않는다. 다만 손가락 끝으로 톡 하고 진실을 건드림으로써 독자를 개안하게 한다. 이런 식이다.

"빈민들이 가난한 것은 과거에 큰 실수를 저질렀기 때문이다. 따라서 그 자식들이 대가를 치러야 한다."

이 문장을 읽고 나는 충격을 받았다. 어떻게 보니것은 내가 이미 알고 있는 것을 백지로 만든 다음 처음부터 다시 시작하게 할 수 있지? 어떻게 이렇게 짧은 문장 두 개로 빈곤의 대물림이라는 문제의 핵심을 정확히 찌를 수 있지? 아, 반어irony는 이런 데 쓰라고 있는 것이다!

인간에게는 다른 인간이 필요하다는 평범한 문장도 보니것의 손에선 이렇게 재탄생한다.

"부부싸움이 벌어지면 사람들은 대개 돈이나 권력이나 섹스나 자녀 양육 같은 것 때문에 싸운다고 생각한다. 사실 두 사람은 자기도 모르게 상대방에게 이렇게 말하고 있는 것이다. '당신만으론 사람이 너무 모자라!'"

사회적 동물인 인간은 많은 사람과 영향을 주고받으며 살아간다. 결혼이 서로를 제외한 다른 이들과 벽을 쌓는 행위가 된다면, 자연히 소통하고 교류할 기회도 사라질 것이다. 그것을 '사람이 모자라다'고 표현하는 게 가능하다면, 그건 작가의 핏속에 흐르는 위트 때문이다.

그러나 내가 가장 사랑하는 보니것의 면모는 그가 자연을 사랑하고 지구에 말을 거는 것이다. 그는 당장의 이익에 눈이 멀어 한치 앞도 내다보지 못하는 우리 인간을 "정말로 한심한 실패작"이라고 묘사한다. 그에 따르면 인류는 자기들의 터전인 지구를 200년 만에 완전히 망가뜨리고는 앞으로 무엇이 닥칠지도 모르는 채 지각 없이 산다. 보니것이 보기에 우리 모두는 오늘만 생각하는 "알코올중독자 치료협회 회원들"이나 다름없다. 그 누구도 미래를 꿈꾸지 않기 때문이다. 가장 중요한 것이 무엇인지, 보니것은 알고 있다.

언젠가 보니것과 그의 친구 솔은 예술과 예술가를 두고 이런 대화를 나눴다. 보니것은 솔에게 "내 친구들 중에는 훌륭한 소설가가 많은데, 그들과 이야기를 할 때는 나와 그들이 아주 다른 일을 하는 것처럼 느껴진다"고 말한다. 그러자 솔은 보니것에게 세상에는 두 종류의 예술가가 있다며 이렇게 답한다.

살리는 예술

"한 부류는 지금까지 자기가 만든 작품의 역사에 대응하고, 다른 부류는 인생 그 자체에 대응한다네."

나는 이 명제를 조금 더 확장하고 싶다. 한 부류는 예술의 역사에 대응하고, 다른 부류는 세상에 대응한다고. 내 생각에 보니것은 명백하게 후자에 속한다. 그리고 이런 예술가를 사랑하지 않기는 힘들다.

# 뛰는 작가

✸

정세랑 작가의 단편집 『목소리를 드릴게요』를 예정보다 빨리 읽게 된 건 인터넷 서점에서 본 '작가의 말' 때문이었다. "장르문학을 쓸 때도, 쓰지 않을 때도 나는 한 사람의 안쪽에서 벌어지는 일에 큰 관심이 없다." 어느 때부터인가 바깥을 탐색하는, 그래서 끝내 바깥쪽으로 치우치고 마는 인간을 좋아하게 된 나는 이 문구에 홀렸다. 내친김에 그가 한 인터넷 서점과 나눈 인터뷰도 읽었다.

"뛰어 다니면 장르문학, 걸어 다니면 문단문학이라고 생각하고 있거든요. 저는 걷는 문학에는 큰 매력을 못

느껴요." 그래서일까. 정세랑은 늘 '나를 고민하는 문학'보다 '세상을 고민하는 문학'을 한다. 그의 관심은 환경, 동물권, 여성주의 등에 폭넓게 닿아 있다.

「7교시」는 『목소리를 드릴게요』에 실린 단편 중에서도 짧은, 콩트 분량의 소설이다. 시간적 배경은 200년 후. 이미 여섯 번째 대멸종이 지났고, 사람들은 더 이상 공장에서 대량생산된 고기를 먹지 않는다. 배양 단백질이 나와 동물을 사육하지 않고도 고기를 얻을 수 있는 시대인 것이다.* 동물을 죽여서 만든 옷과 신발, 가방을 소비하는 사람도 없다. 전염병이 2098년에 전 지구를 휩쓴 후 환경주의는 "드디어 비웃음당하지 않는 보편 가치가 되었다." 인류는 그간의 행태를 반성하고, 다른 생명을 착취하지 않는 방식의 삶을 산다.

---

* 실제로 배양 고기, '클린 미트' 개발은 세계 곳곳에서 진행되고 있다. 폴 샤피로의 책 『클린 미트』 참조.

이 짧은 소설을 읽는 동안 코가 따끔거려 혼났다. 소설이 묘사하는 미래는 내가 생각하는 유토피아와 꼭 같았다. 내가 꿈꾸는 세상과 작가가 꿈꾸는 세상이 일치할 때 느껴지는 그 가슴 벅참. 미래의 소설이 현재의 나를 어루만지는 기적. 나는 읽는 내내 위로받았고, 작가의 실재에 감사했다.

정세랑의 글은 누구도 아프게 하지 않는다. 그는 작은, 그래서 세심하게 귀 기울이지 않으면 들리지 않는 목소리에 집중할 줄 안다. 사회로부터 유별난 사람 취급을 당하는 이도 그의 세계에선 정가운데에 선다. 누구도 소외되지 않는다. 그건 아마도 작가 자신이 이기심과 공격성 같은, "인류의 오래 내려온 유전자를 부끄러워하"는 사람이기에 가능한 일일 것이다.

내 마음속 내밀한 곳에서 정세랑 작가를 원하는 이유는 그러나 따로 있다. 나는 환경주의자로서 그의 과격함을 사랑한다. 소설 속 그의 인물들은 결코 진지함을 미덕

살리는 예술

으로 삼지 않지만, 탁구공 치듯 가볍게 툭 하고 던지는 문장에서도 읽을 수 있다. "날다람쥐를 위해 죽을 수 있을 것 같다"고 말하는 그의 간절함을.

인류가 망가뜨린 지구를 생각할 때, 나는 내가 할 수 있는 일이 별로 없다는 사실에 절망하곤 한다. 24시간 돌고 있는 에어컨, 커피 전문점에서 배출하는 일회용 컵과 빨대, 코로나19 사태로 지금도 버려지고 앞으로도 버려질 일회용 마스크를 보면 이 행성에 더 이상 희망은 없다는 생각이 든다. 격변이 일어나 지구인 전체가 생활 방식을 바꾸지 않는 이상, 잘못된 일상을 바로잡을 수 있을 것 같지 않다.

세계적인 자연보호 단체에서 후원에 대한 대가로 에코백을 주는 것을 보며 충격을 받았다. 사람들 관심을 유도하기 위해 환경단체마저도 소비 상품을 만들어 파는 아이러니라니. 말할 것도 없이 소비는 지구를 망가뜨리는 문제적 행위다. 환경 친화적인 소비도, 생태적 소비도 모두 소비일 뿐이다. (나 역시 이 문장에서 자유롭지 않다는 것이 부끄럽다.)

지구의 미래는 소비 바깥에 있다. 사지 않고 쓰지 않는 것. 할 수 있는 한 그 규모를 줄이는 것. 당연히 끝없는 소비를 부추기는 자본주의에도 반기를 들어야 한다.

정세랑 작가가 『목소리를 드릴게요』의 또 다른 단편 「리셋」을 쓴 이유도 비슷하지 않을까. 거대 지렁이가 인류 문명을 통째로 먹어치우는 이야기를 읽으며 나는 알 수 없는 통쾌함마저 느꼈다. 꽃피우고 열매 맺은 단편에서 태초의 씨앗이 분명하게 보였다. 이 이야기는 분명 작가의 우려와 분노, 걱정에서 출발했을 것이다. 작가는 아무리 목소리를 높여도 듣지 않는 세상에 화가 났을 테고, 회의에 빠졌을 것이다.

그럼에도 어찌된 일인지 정세랑은 그 자리에 주저앉지 않는다. 외려 그 모든 부정적인 상황을 거름 삼아 낙관

163                    살리는 예술

의 싹을 틔울 줄 안다. 「리셋」의 등장인물들은 인류가 나아가야 할 방향을 그려 보이며 우리에게 자꾸만 저 너머를 보라고 가리킨다.

이런 소설을 읽으면 회의적인 나조차 희망을 걸어보고 싶어진다. 따라가보고 싶어진다. 선두에서, 그것도 가장 넓은 보폭으로 뛰고 있는 작가의 뒤를.

# Second Reformed

✳

한 편의 영화가 보는 사람에게 와 닿는다는 것은 어떤 의미일까. 객관적 완성도와 상관없이 내게 다가와 말을 거는 영화를 만날 때, 나는 두 시간을 충분히 누렸다고 느낀다. 세상의 기준으로는 그다지 뛰어나지 못한 영화라 해도 한순간 그 안에서 나를 만나면 충만해진다. 영화를 보는 일은 많은 경우, 영화를 보는 내 자신을 보는 일이다.

지난해 본 영화 '퍼스트 리폼드First Reformed'는 객관적으로도 뛰어난 작품이지만, 주관적으로도 평생 잊지 못할 영화였다. 두 가지 포인트를 이야기하고 싶다. 먼저

살리는 예술

교회 목사인 톨러에단 호크가 메리아만다 사이프리드의 간청으로 그의 남편필립 에팅거과 만나는 장면이다. 메리는 아이를 가졌고, 남편과의 행복한 미래를 꿈꾼다. 하지만 남편은 우울증을 앓고 있다. 그가 걱정하는 것은 지구의 미래다. "심각하고 광범위하고 돌이킬 수 없는" 환경 오염이 잠식할 지구의 미래. 태어날 아이에 대한 미안함과 죄책감이 그를 괴롭힌다. 이런 세상에 아이를 태어나게 한다면 자신을 용서할 수 없을 것 같다.

메리의 남편은 처음 본 톨러와 통성명을 하고는 지구 오염의 심각성에 대해 이야기하기 시작한다. 그는 자신을 감싼 좌절감에 대해 털어놓는다. 사람들을 설득하면 상황이 달라질 거라 믿었는데 착각이었다고. 누구도 자신의 말에 귀 기울이지 않는다고. 그의 절망을 눈치 챈 톨러는 그에게 "자해를 생각한 적 있느냐"고 묻는다. 그는 대답한다. "전 저 자신을 걱정하는 게 아니에요. 그냥 이 세상이 걱정될 뿐이죠." 이 대사를 듣는 순간, 나는 이 장면을 오래 기억하게 될 것이라 확신했다.

영화 속 그는 나와 닮아 있었다. 자기의 안보다 바깥을 걱정하는 사람. 자신의 안위보다 더 중요한 다른 어떤 것이 있는 사람. 나는 지구의 미래에 나 자신을 던질 만큼 열정적이지 못하지만, 그의 일부는 분명히 내 안에 있었다. 나는 그만큼 커지고 싶었다.

동물들을 구조하고 돌보는 데 많은 시간을 할애하는 내게 친구들은 이렇게 묻곤 한다. "지금 행복하냐"고. "그 과정에서 정말 행복한 게 맞느냐"고. 그럴 때마다 고민에 빠졌다. '행복'이라는 것이 정확히 무엇인지 모르겠다는 생각이 들어서다.

사람들은 생의 화두로 저마다 행복을 이야기한다. 하지만 내게 '행복론'은 외려 매정하게 느껴질 때가 많았다. 동물들을 구조하면서 삶은 하루하루 전투 같았다. 아픈 동물들을 치료하며 몸 편할 틈 없었고, 버려진 동물을 돌보며 마음 편할 날 없었다. 세상엔 늘 풀어야 할 문제가 있고, 그 문제로 아파하는 소외된 존재들이 있었다.

이런 현실에서 행복하게 산다는 것이, 자신의 행복을 찾는다는 것이 가능할까. 행복하겠다는 것은 결국 다른 존재에게 눈감겠다는 뜻 아닐까. "나 자신을 걱정하지 않는다"는 영화 속 그의 말이 아프게 들린 이유다.

더욱 놀라운 것은 이 말을 들은 톨러의 반응이었다. 톨러는 그와 대화한 순간, 이전까지 고민하지 않았던 것을 고민하기 시작한다. 집에 돌아와서는 그와의 대화를 곱씹고 그것을 낱낱이 기록한다. 그의 목소리는 톨러의 삶을 파고들어와 관통했고, 그의 화두는 곧 톨러의 화두가 되었다.

50년 가까이 자신의 방식으로 살아온 사람이 처음 만난 이의 이야기를 듣고 영향을 받는다는 것이 얼마나 어려운지 우리는 알고 있다. 변화는 어렵고, 그것이 삶의 관성을 타파하는 쪽으로의 변화라면 더 어렵다. 그러나 톨러는 달랐다. 그는 듣고, 묻고, 삶으로 대답하는 사람이었다. 가장 먼저first 달라진reformed 자였다. 이 영화의 구원은 이 장면에 이미 도래해 있었다고, 나는 느낀다.

'퍼스트 리폼드'는 닫혀 있던 과거의 나를 소환했다. 이전의 나는 자신을 돌보느라 타자에 마음 쓰지 않는, 사회가 필요로 하는 최소한의 관심조차 가지길 거부하는 사람이었다. 당연히 나를 바꾸려는 그 어떤 말도 마음으로 들으려 하지 않았다. 그랬던 터라 영화에서나마 소통하고 감응하는 인물을 만날 수 있었다는 사실에 한껏 고무되었는지도 모른다.

여기까지만 해도 나는 이미 이 영화에 충분히 사로잡혔지만 이게 끝이 아니다. 이 영화를 영영 잊을 수 없게 만든 단 하나의 장면에 대해 아직 이야기하지 않았다. 톨러는 끝내 죽음을 결심하고, 철사로 자신의 몸을 옭아맨다. 그리고 피투성이가 된 몸으로 옷을 입는다. 스스로를 단죄하고, 그럼으로써 속죄하려는 듯. 이 장면을 보면서 나는 눈물을 주체할 수 없었다.

지난여름 개들을 구조하기 전의 내 모습이 떠올랐다. 그 시기 나는 어디를 가서 무엇을 해도 즐겁지 않았다. 땡볕에 묶여 더운 숨을 내쉬는 개들의 모습이 자꾸만 눈에 밟혔다. 차가운 공기가 살갗에 닿으면 순간적으로 알량한 행복감이 느껴졌고, 내가 그런 행복감을 느낀다는 사실이 미안해 견딜 수 없었다. 그럴 때면 나는 스스로를 괴롭히는 방식을 택했다. 버스를 타면 햇볕이 드는 자리를 골라 앉았고, 내리쬐는 태양을 피하지 않고 맞으며 걷기도 했다. 누구를 의식한 것도, 무엇을 바라고 한 행동도 아니었다. 그저 그렇게 되었다. 그렇게 해서라도 내 마음의 부채의식을 조금이나마 씻을 수 있기를 바란 것 같다.

이 글을 쓰기 위해 '퍼스트 리폼드'를 다시 보았다. 잊을 수 없는 그 마지막 장면도. 여전히 내가 보여 아팠고, 나를 아프게 하는 이 영화가 좋았다. 어쩌면 이 영화를 극복하는 데 아주 오랜 시간이 걸릴지도 모르겠다고, 기쁘게 생각했다.

여름날의 개들

# 주유소의 개들 1

✳

처음 개들을 만난 건 2019년 초여름이었다. 동생과 함께 동네 공원에 길고양이 밥을 주러 갔다가 주유소 뒤편 담장에 묶인 개들을 보았다. 늘 주유소 앞을 지키던 아이들인데, 그동안은 거리가 멀어 볼 수 없었다. 초여름임에도 기온은 이미 오를 대로 올라 있었고, 개들의 몸은 털로 빽빽했다. 돌봐주는 사람이 없는지 세 마리 모두 지저분했고, 더위에 굴복한 듯 축 처져 있었다.

집으로 돌아가는 길, 마음이 편치 않았다. 개들의 모습이 자꾸만 눈에 밟혔다. 몇 분만 서 있어도 온몸이 땀으로 젖는 날씨에 두꺼운 털옷을 입은 채 땡볕을 받아내야 한다니. 동생과 나는 무언가 해줄 것이 없을까 고민하다가 다음 날부터 얼음을 넣은 간식을 챙겨주기로 했다. 개들이 잠시라도 더위를 식히고, 그것으로 하루를 버틸 힘을 얻을 수 있다면 좋겠다는 생각에서였다. 문제는 '견주'였다. 엄연히 '주인'<sup>*</sup>이 있기 때문에 개들에게 먹을 것을 주어도 되는지 확신이 서지 않았다.

다음 날 우리는 준비한 먹거리를 들고 잔뜩 긴장한 채 주유소로 갔다. 그리고 최대한 해맑은 표정을 지어 보이며 직원에게 "개들에게 먹을 것을 좀 줘도 되느냐"고 물었다. 자칫 견주의 심기를 거스르기라도 한다면 간식은 커녕 개들에게 접근조차 못 하게 될 것 같았기 때문이다. 그러나 직원은 개들에게 아무 관심이 없었다. 표정 없는 얼굴로 "그러라"고 답했다. 일순간 긴장이 풀렸고, 동생과 나는 안도감에 꾸벅 고개까지 숙여 인사했다.

---

<sup>*</sup> 인간과 개의 관계는 주종 관계가 아니기에 당연히 '주인', '견주'라는 말을 선호하지 않는다. 다만 이 글에서는 개들이 처한 상황을 좀 더 명확하게 설명하기 위한 의도로 썼다.

다음 날부터 우리는, 정확히는 동생은 매일 주유소로 출근했다. 나 역시 회사에 가지 않는 날은 예외 없이 주유소로 향했다. 개들은 아주 멀리서부터 우리를 알아봤다. A4 용지를 두 장 합친 크기의 그늘에 몸을 욱여넣은 채 꼼짝 않던 개들이 우리가 다가가면 일어나 꼬리를 흔들었다. 더위가 조금 덜한 날은 짧게 매인 목줄을 끊기라도 할 듯 뛸 수 있는 한 높이 뛰어 반가움을 표시했다. 물을 새것으로 갈아주고 지열을 식힐 요량으로 남은 물을 바닥에 부으면, 준비해 간 2리터들이 물통 3~4개가 순식간에 바닥났다. 마지막 임무는 스트레스 해소용 씹을 거리를 나누어주는 것이었다. 먹을 것을 다 주고 집으로 가다 뒤돌아보면, 개들은 어느새 우리 쪽을 바라보고 있었다. 꼬리를 세차게 흔들며.

우리는 개들에게 이름을 지어주었다. 리버Liber, 플라Fla, 달리. 언젠가는 목줄을 끊고 신나게 달리며(달리) 날아올라라fly, 자유liberty를 찾으라는 의미였다.

동생과 나는 늘 하루 중 가장 뜨거운 시간대를 골라 개들을 만나러 갔다. 기온이 절정으로 치닫는 시간은 오후 3시 전후였기에 하루 한 번 만난다면 이때여야 했다. 하지만 아침이나 저녁이라고 해서 덥지 않은 것은 아니었다. 오전 10시면 해는 이미 견딜 수 없을 정도로 뜨거웠고 그 열기는 저녁 늦게까지 이어졌다. 마음 같아서는 낮 12시 전후에 한 번, 오후 4시 전후에 또 한 번 개들을 돌보고 싶었지만 그럴 수는 없었다. 우리가 개들을 돌보는 문제에 본격적으로 개입한다는 인상을 줘선 안 될 것 같았다.

한여름이 다가오면서 나는 회사에 출근해서도 좀처럼 일에 집중하지 못했다. 정오가 가까울수록 묶여 있는 개들이 생각나 괴로웠고, 한낮의 더위가 원망스럽기만 했다. 시원한 곳에 들어가 앉으면 금방이라도 죄책감이 몰려왔다. 차가운 공기가 살갗에 닿을 때 반사적으로 느껴지는 그 알량한 행복감을 견디기 어려웠다.

절박한 마음으로 동물보호법을 검색해보았지만, 법은 방패가 되어주지 못했다. 시청 담당자 역시 "개를 제대로 관리하라고 권고할 순 있지만 그 이상으로 할 수 있는 것은 없다"고 했다. 현실의 법은 야만적일 정도로 느슨했다. 눈앞에서 개들의 혹독한 상황을 지켜보면서도 할 수 있는 것이 없었다.

동생과 나는 다시 한 번 용기를 내보기로 했다. 고민 끝에 생각해낸 것은 햇빛 차단용 파라솔이었다. "쓰고 남은 파라솔이 있는데 버리긴 아까우니 개들에게 주겠다"고 하면, 직원 역시 크게 부담스러워하지 않을 것 같았다. 새로 산 파라솔의 상표를 뜯어내고, 새것처럼 보이지 않도록 때를 묻혔다. 이제 중요한 것은 파라솔을 건넬 때 태도였다. 우리는 자연스러운 상황을 연출하기 위해 멘트와 표정까지 여러 번 연습했다. 당일, 직원은 우리를 이해할 수 없다는 표정을 지으면서도 제지하지는 않았다. 개들 머리 위로 두 개의 커다란 파라솔을 설치하고 돌아오던 날, 동생과 나는 오랜만에 맛있는 저녁을 먹었다.

우리가 준 시원한 간식을 먹고 파라솔 아래에서 잠이
든 개들을 보면, 마음 깊은 곳에서 단단히 묶인 매듭 같
은 것이 풀리는 느낌이 들었다. 그렇게 두 달가량 매일
만나던 개들이 갑자기 사라진 것은 8월 초였다. 주유소
직원을 설득한 끝에 들은 답은, 개들이 근처 농장으로
팔려갔다는 것이었다. 명확하게 말해주지 않았지만, 그
곳이 '식용견 농장'이라는 것을 단박에 알 수 있었다.

# 주유소의 개들 2

＊

어렵게 주유소 사장의 전화번호를 알아내 전화를 걸었
다. 먼저 내 신분을 밝히고, 개들이 간 곳을 알려달라고
했다. 그러나 사장은 완강했다. 친구가 운영하는 농장
으로 보냈을 뿐 그곳이 어디인지 내게 알려줘야 할 의
무는 없으며, 이미 소유권을 넘겼기 때문에 자기가 할
수 있는 것도 없다는 것이었다. 나는 그곳이 식용견 농
장이 아니라면 말해주지 못할 이유가 없지 않으냐고,
그저 개들을 다시 데려오려는 것뿐이라며 애원과 압박
을 반쯤 섞어 매달렸다. 그렇게 오랜 실랑이 끝에 간신
히 농장주의 전화번호를 알아낼 수 있었다.

후원하고 있는 동물보호단체에도 SOS를 보냈다. 저간의 사정을 이야기하고, 어떻게 해야 개들을 무사히 구출해 올 수 있을지 조언을 구했다. 동물단체 활동가는 내게 그 사람들이 언제 마음을 바꿀지 모르니 하루라도 빨리 개들을 빼내 오는 것이 중요하다고 했다. 그리고 현재 개들이 어떻게 지내고 있는지, 그 모습을 사진으로 받아보라고 했다. 나는 활동가에게 개들이 임시로 거주할 수 있는 공간을 알아봐줄 수 있는지 물었다. 다행히 수도권에 단체와 연계된 위탁처가 있었고, 일정 비용을 지불하면 머물 수 있었다.

다음 날 농장주와 전화 통화를 할 수 있었다. 크고 걸걸한 목소리에, 이런 거래가 한두 번이 아니라는 듯 느긋한 태도. 지금 통화 중인 이 사람이 개들을 데려간 장본인이라고 생각하자 분노가 치밀어 올랐다. 하지만 감정을 드러내 일을 그르칠 수는 없었다. 나는 최대한 목소리를 가다듬고는 가능한 한 빨리 개들을 데리러 가겠다고 말했다.

여름날의 개들

농장주에겐 '순서'가 있는 것 같았다. 처음에는 "잘 있는 애들을 왜 데려가려 하느냐"고 마음에도 없는 말을 하더니, 본론으로 들어가자 태도가 바뀌었다. 곧 "개들 몸값은 마리당 20만 원이며, 세 마리 몫으로 60만 원을 준비하라"고 말했다. 농장주는 불법 운영 중일 것이 분명한 농장 주소 대신 자기 집 주소를 가르쳐주었다. 약속은 이틀 뒤로 잡았다. 돈은 틀림없이 준비할 테니 개들 사진부터 보내달라고 못박은 후 전화를 끊었다.

농장주로부터 사진이 온 것은 다음 날이었다. 그런데 사진은 세 장이 아닌 두 장이었다. 세 마리 중 리버의 모습이 보이지 않았다. 나는 즉시 전화를 걸어 함께 간 개들 중 가장 덩치가 큰 개의 사진도 보내달라 했지만 농장주는 막무가내였다. "어차피 곧 농장에 올 것 아니냐. 그날 와서 보면 될 것을, 왜 바쁜 사람을 귀찮게 하느냐"는 것이었다. 듣고 보니 그것도 그랬다. 리버의 안전이 확보되지 않으면 당일 우리가 가만히 있지 않을 것이라는 것을 농장주가 모를 리 없었다. 플라와 달리, 둘의 사진을 보내준 것으로 보아 개들을 다른 곳으로 팔아넘긴 것 같지는 않았다.

놀란 마음을 진정시키고 나자 사진에 함께 찍힌, 뒤편의 개들이 눈에 들어왔다. 이렇게 속박당한 채 팔려갈 날만 기다리는 개들이 숱할 것이라고 생각하니 숨이 제대로 쉬어지지 않았다. 내게서 사진을 전달받은 활동가는 긴 한숨을 내쉬더니, 개들이 있는 곳은 전문 식용견 농장이 틀림없다고 했다. 그는 내게 개들을 모두 구조해 오는 순간까지 절대 안심해서도, 그 사람들의 말을 믿어서도 안 된다고 여러 차례 주의를 주었다. 그리고 당일 현장에 함께 갈 수 있는 단체 회원 한 분을 소개해 주었다. 그분은 농장에서 개를 구조한 경험이 많아 우리에게 도움을 줄 거라고 했다. (이 고마운 분에 대한 이야기는 'B아저씨' 챕터에 따로 썼다.)

그날 밤부터 개들을 구해 오기로 한 날까지를 어떻게 버텼는지, 사실 기억이 나지 않는다. 그 시기 나는 굉장

　　　　　　　여름날의 개들

히 예민해져 있었고, 그건 동생도 마찬가지였다. 마음이 불안할 때마다 속으로 이런 생각을 하며 다스렸다. '내 뒤에는 동물보호단체가 있고, 현장에서 도와줄 B아저씨도 있다. 그러니 괜찮을 것이다.' 기자 생활을 10년가까이 하며 온갖 상황에 맞닥뜨려봤다고 생각하면서도, 내게는 이 상황을 직시할 배짱이 없었다.

당일, 농장주 집 근처에서 B아저씨와 만나 인사를 나눈 후 개들을 찾으러 갔다. 농장주로 보이는 중년 남성과 그와 함께 일하는 것으로 보이는 또 다른 중년 남성, 이렇게 두 사람이 우리를 맞았다. 개 세 마리가 그들 주변에 묶여 있었다. 그런데 리버가 보이지 않았다. 나머지 두 마리는 틀림없이 플라와 달리였는데, 리버가 있어야 할 자리엔 다른 개가 와 있었다. 흥분한 나는 왜 한 마리가 없느냐며, 당장 농장으로 가서 리버를 데려오라고 따졌다. 그러나 농장주는 시치미를 뗐다. 함께 일하는 사람에게 "이 아가씨가 말하는 그 큰 개가 농장에 있느냐"고 묻자, 그 사람은 고개를 절레절레 저으며 "모른다”고 답했다.

나는 리버의 사진을 보여주었다가, 이런 식으로 나오면 우리도 가만히 있지 않겠다고 윽박질렀다가, 두 사람의 팔에 매달렸다가를 반복했다. 그리고 끝내 애원했다. “돈을 원하는 거라면 얼마든지 주겠으니 아이만 돌려달라”고. 그러나 농장주와 직원은 속 시원하게 대답하지 않고 빙빙 말을 돌렸다. “찾아보겠다”, “수소문해보겠다” 같은 말들이 오갔지만 순간을 모면하기 위한 것이었을 뿐, 그 어디에도 진심은 담겨 있지 않았다. 그리고 지금껏, 리버는 돌아오지 않았다.

지금 생각해보면 자명한 것 같지만 어리석게도 그날 내게는 어떤 확신 같은 것이 있었다. 저 사람들이 돈을 더 받기 위해 리버를 돌려주지 않는 것뿐이라고. 혹은 우리가 불법 농장의 위치를 알아내 신고할까 봐, 그게 두려워 리버를 볼모로 잡고 있는 거라고. 그러므로 이 위기를 견디면 당연히 리버를 만날 수 있을 거라고. 그 생각

여름날의 개들

다발의 한 가닥은 지금도 끊어지지 않았다. 리버가 옮겨 간 곳이 어디인지 모르지만 나는 아직 포기하지 않았으며, 농장 위치를 알아내려는 노력도 계속하고 있다.

동생과 나는 리버의 자리에 묶여 있던 개를 플라, 달리 와 함께 데려왔다. 달리와 꼭 닮은 모습에 '갈라'화가 살바도르 달리의 연인라는 이름도 붙여주었다. 2019년 8월 15일 광복절, 나는 개들 앞에서 다짐했다. 오늘처럼, 앞으로 도 다른 개들의 광복을 위해 노력하겠다고. 세 마리 개 는 그렇게 B아저씨의 스타렉스에 올라탔다.

# B아저씨

✳

농장주의 집 근처 도로로 커다란 스타렉스 한 대가 들어왔다. 우리를 도와주러 온 동물보호단체의 회원, B아저씨 차였다. 스타렉스 문이 열리자 다부진 체격의 남성이 차에서 내렸다. 무뚝뚝해 보이는 인상, 결코 호락호락해 보이지 않는 눈빛. 그래서일까. 아저씨를 보는 순간 나는 묘하게 안심이 되었고, 모든 걸 맡기고 도망가버리고 싶은 충동을 느꼈던 것 같다. 아저씨도 그런 내 마음을 읽었을까. 전화로는 차갑기 그지없던 그가 누구보다 따뜻한 미소를 지어 보였다. 우리는 농장주의 집 위치와 개들과 관련한 간단한 정보를 공유했다.

여름날의 개들

잔뜩 긴장해 있는 나나 동생과 달리 B아저씨는 거침없었다. 그는 저벅저벅 농장주의 집 앞으로 걸어가더니 개들의 상태를 확인했다. 그러곤 즉각 협상에 들어갔다. 아저씨는 단호하게, 그러나 끈질기게 농장주와 직원을 설득했다. 리버의 위치를 묻고, 리버를 데려와준다면 무엇을 해줄 수 있는지 이야기했다. 때로는 '상도의'를 강조하면서 엄포를 놓기도 했다. 나와 동생을 앞에 두고는 시큰둥하던 농장주가 B아저씨와 이야기할 때는 자못 진지해졌다. '좀 아는 사람'이라고 느꼈는지 함부로 대하지 못하는 것 같았다. 그의 눈에도 아저씨는 전문가였던 것이다.

그날 내가 B아저씨에게 감동한 이유는 또 있었다. 아저씨는 농장주를 설득하는 와중에도 갈피를 못 잡고 우왕좌왕하는 나와 동생을 다독였다. 우리는 고양이 구조에는 비교적 익숙했지만 개 구조에서는 초보였고, 불법 개 농장을 운영하는 사람과 마주하는 상황에 있어서는 더더욱 초보였다. (돌이켜보면 B아저씨가 얼마나 힘드셨을까, 죄송한 마음뿐이다.)

한참을 실랑이하는데 비가 한두 방울씩 떨어지기 시작했다. 마당 한가운데 묶인 채 꼼짝없이 비를 맞는 개들을 보니 마음이 급해졌다. 게다가 위탁처와 약속한 시각이 다가오고 있었다. 농장주와 한참을 이야기하다 뒤를 돌아보니, 차 뒤편에서 아저씨와 동생이 심각한 표정으로 대화를 나누고 있었다. 나는 아저씨가 이제 그만 포기하고 가자고 말하려나 보다 짐작했다. 그런데 나중에 들어보니 아저씨는 "리버를 돌려줄 때까지 한번 해보자"며, 울먹이는 동생을 다독이고 위로했다고 한다.

처음 동물보호단체에서 우리와 동행할 회원을 소개해준다고 했을 때 나는 약간 걱정했다. 단체 소속 활동가가 아닌 그저 '회원'이 무엇을 도와줄 수 있을지 의문이 들었던 것도 사실이다. 그러나 B아저씨가 없었다면 그날 우리는 어떻게 됐을지 상상도 할 수 없다.

여름날의 개들

B아저씨의 마지막 임무는 구조한 개들을 수도권의 한 위탁처까지 데려다주는 것이었다. 아저씨가 자신의 스타렉스 뒷문을 들어 올리던 순간이 기억난다. 문을 열자 차 안의 풍경이 고스란히 드러났다.

그 큰 차에 좌석이라고는 운전석과 조수석뿐, 뒤편은 개들을 태울 케이지로 가득 차 있었다. 케이지 옆에는 배변 패드가 쌓여 있고, 그 옆으로는 개들이 이동할 때 필요한 목줄 여러 개가 걸려 있었다. 누가 보아도 개들을 구조하고, 구조한 개를 태우는 것이 일상인 사람의 차였다. 아니, 그 차는 B아저씨의 것이 아니라 차라리 개들의 것이었다. 아저씨의 것이라고 할 만한 물건이 그 안에는 없어 보였다.

30분가량 아저씨 차를 뒤따라 달렸을 때 스타렉스의 뒷모습이 보이지 않았다. 아저씨는 이미 우리와 격차를 꽤 벌린 것 같았다. 나는 아저씨가 빨리 목적지에 다다라 개들의 이동 시간이 조금이나마 단축되면 좋겠다고 생각했다. 그런데 위탁처에 도착해보니 아저씨의 모습이 보이지 않았다. 10분 정도 기다렸을까. 그제야 멀리서 스타렉스가 들어오는 모습이 보였다. 그때는 그저 반가운 마음에 아저씨가 길을 잘못 들었나 보다 추측했을 뿐, 우리는 개들의 상태를 확인하느라 여념이 없었다. 한참이 지나서야 아저씨를 잘 아는 분을 통해 늦은 이유를 전해 들을 수 있었다. 아저씨는 개들을 태우고 운전할 때 안전에 신경 쓰느라 손을 덜덜 떤다고. 그날도 손을 떨며 운전하느라 도착이 지연된 것이리라.

B아저씨가 잔뜩 긴장한 채 차를 몬다. 뒤에는 개들이 타고 있다. 아저씨의 차에 오르는 순간, 개들의 새로운 삶이 시작된다.

여름날의 개들

# 플라

✱

나와 동생이 돌보는 개들 중 유별나게 우리를 반기는 녀석이 있다. 바로 플라다. 우리는 플라와 달리, 갈라 이후에도 유기견 두 마리를 더 구조했고, 최근 5마리 모두 해외 입양을 전문으로 하는 아카데미에 맡겼다.✱ 그중 네 마리는 우리보다 그곳 선생님들을 훨씬 좋아하는 반면 플라는 나와 동생에 대한 애착이 크다.

우리가 면회를 가면 플라는 멀리서부터 냄새를 맡고 흥분해 뛰기 시작한다. 담당 선생님이 목줄을 풀어주는 순간, 플라는 나와 동생에게 전속력으로 달려와 몸을

---

✱ 후에 구조한 개들의 이름은 각각 마크와 로스코다. 플라를 제외한 네 친구는 현재 캐나다에서 제2의 견생을 즐기고 있다.

부딪친다. 뒷발만 땅에 딛고 앞발은 든 채 일어서 안기기도 하고(직립한 플라는 키가 동생과 비슷하다), 우리가 앉아 있으면 그 위로 몸을 날리기도 한다.

개보다 고양이가 익숙한 우리는 플라의 이런 사랑이 가끔 낯설다. 기분이 좋을 때조차 어딘가 한구석에서는 그늘을 키우고 있는 것 같은, 그래서 종종 나에 대한 사랑을 유보하는 것처럼 느껴지는 고양이들과 달리, 개가 주는 사랑은 크기를 가늠하기 힘들다. 가끔은 플라가 내게 달려오는 모습만 봐도 눈물이 날 것 같다. 이 무한한 애정이 대체 어디에서 기인한 것일까 생각해본 적 있는데, 아무래도 죽을 고비를 넘기는 과정에서 나와 동생에 대한 신뢰가 생긴 것이 아닐까 싶다.

플라와 달리, 갈라를 구조해 위탁처에 맡기고 돌아온 지 이틀째 되던 날, 그곳 소장으로부터 전화를 받았다. 플라가 설사를 심하게 하고 밥도 먹지 않는다는 것이다. 개들에게는 치명적인 병, 파보 바이러스 감염증이

의심된다고 했다. 나와 동생은 곧바로 플라를 데리러 갔다.

플라는 기운 없이 늘어져 있었다. 우리가 다가가도 일 어나 반기지 않았고, 눈도 제대로 맞추지 않았다. 늘 가 장 먼저 음식에 반응하고 활기 넘치던 플라였기에 아 픈 모습이 낯설었다. 앉은 채로 변을 보았는지 몸 여기 저기에 변이 묻어 있었고, 근처엔 파리 수십 마리가 날 아다녔다. 플라는 파리가 얼굴과 몸에 달라붙어도 쫓지 않았다.

예상대로 파보 바이러스 감염증이었다. 동물병원 수의 사는 플라의 상태가 좋지 않다며 2차 병원으로 옮겨 갈 것을 권했다. 그러나 옮겨도 결과를 장담할 수는 없을 거라고 덧붙였다. 플라는 제대로 먹지 못한 상태에서 설사까지 여러 차례 한 터라 탈수가 심각한 상태였다. 수의사는 커다란 주사기에 수액을 채워 그것을 플라의 몸에 놓았다. 2차 병원까지 가는 동안 상태가 더 나빠지는 것을 막아보자는 의미였다.

위탁처 부소장이 대형 트럭에 플라를 태우고 이동하는 동안, 나와 동생은 그 뒤를 따라 달렸다. 운전대를 잡은 동생은 부소장 차를 놓치지 않으려 잔뜩 긴장한 상태였고, 나는 아무리 달려도 병원이 나오지 않는 것 같아 초조하기만 했다.

30분 남짓한 시간 동안 온갖 생각을 다 했던 것 같다. 영문도 모르고 주유소에서 농장으로, 농장에서 다시 위탁처로 오는 동안 플라가 얼마나 무섭고 힘들었을까. 그 며칠이 무탈하리라고 속 편히 생각한 내가 한심했다. 만에 하나 플라가 잘못되기라도 한다면 나는 그 상황을 감당하지 못할 것이 분명했다. 새 삶을 찾아주겠다며 무리해서 데려온 플라를 이렇게 잃을 순 없었다. 플라를 비롯한 세 마리 개는 단 하루도 진짜 행복을 맛본 적 없다.

여름날의 개들

플라는 대형견 입원실에서 집중 치료를 받았다. 담당 수의사는 첫 이틀이 고비라고 했다. 이틀을 잘 버티면 1차 고비는 넘기는 셈이고, 이후 다시 이틀을 버티면 살 수 있을 거라고. 나와 동생이 할 수 있는 건 그저 플라가 힘을 내길 바라며 기다리는 일뿐이었다.

그 기간 플라는 몸에서 지독한 냄새를 뿜어냈다. 태어나 한 번도 목욕을 해본 적 없는 데다 온몸에 변까지 묻었으니 그럴 만했다. 플라가 누워 있는 입원실 문만 열어도 냄새가 코를 찔렀지만, 그곳에서 일하는 수의사 누구도 내색하지 않았다. 수의사들은 플라의 머리를 쓰다듬고 몸 여기저기를 자주 쓸어주었다.

호의적인 분위기 덕분이었을까. 입원 첫날에는 숨을 쉬는 것조차 힘들어 보이던 플라가 이틀 차에는 눈을 들어 우리를 올려다보았다. 다만 고개는 여전히 움직이지 않았다. 3일째 되는 날 플라가 마침내 머리를 들었고, 나는 그때 아이가 살아날 것이라고 직감했다.

일주일간의 치료를 마치고 돌아가던 날, 플라는 케이지에 타는 게 싫었는지 몸부림쳤고, 위탁처까지 가는 동안 계속해서 밖으로 나가게 해달라고 졸랐다. 옆에 앉은 나는 내내 진땀을 흘리면서도 이 녀석이 진짜 살아났구나 싶어 가슴을 쓸어내렸다. 나는 확신했다. 플라가 둘째 날 올려다본 것은 삶 편에 서 있는 나와 동생의 얼굴이었다고. 우리가 자기를 살리려 한다는 걸, 그날 이미 알았다고.

# 2차 접종

✻

개들이 2차 접종을 하기로 한 날, 1차 접종 때와는 달리 수의사가 위탁처까지 오기로 했다. 동생과 내가 개들을 한 마리씩 태우고 병원까지 왔다 갔다 하는 것이 여간 힘든 일이 아니어서 수의사에게 왕진을 부탁한 참이었다. 수의사는 접종에 필요한 약물과 주사기 등을 한 움큼 챙겨 왔다.

나는 떨고 있었다. 개들이 1차 접종할 때 힘들어하는 모습을 본 터라 더 두렵고 초조했다. 내가 구조한 개들은 애초부터 사람과 그리 가깝지 않았던 데다 구조 과정에서 스트레스를 많이 받아서인지 극도로 예민했다. 위탁처 환경도 안정적이지 않아서, 낯선 사람이 다가오는 것 자체를 일종의 공격으로 받아들이는 것 같았다. (중성화수술을 받던 날, 잔뜩 겁을 먹은 마크가 이빨을 드러내 동생과 수의사가 물릴 뻔한 일화도 있다.)

위탁처 소장은 나와 동생에게 "최대한 멀리 떨어져 있을 것"을 부탁했다. 주사를 맞을 때 우리가 근처에 보이면 개들이 더욱 흥분할 수 있으니 가까이 오지 말라는 것이었다. 말도 하지 말고 소리도 내지 않는 게 좋다고 했다. 나와 동생은 반대편 벽에 붙어 접종이 끝날 때까지 숨죽이고 있기로 했다. 그러나 소장과 수의사가 플라가 있는 장*에 들어가는 순간, 나는 그러마고 대답한 것을 후회했다. 공포에 질려 굳어버린 플라의 얼굴을 보니 당장이라도 장 안으로 뛰어 들어가고 싶었다.

지체할 시간이 없었다. 소장은 플라가 움직여 다치는 일이 없도록 목줄을 팽팽히 당겼다. 완전히 '제압'되면

---

* 위탁처 내에서 개들이 기거하는 공간. 편의상 '장'이라고 부르겠다.

여름날의 개들

그때 재빨리 주사를 놓는 것이 두 사람의 작전이었다. 그러나 놀란 플라가 장 안에서 이리저리 날뛰는 바람에 주사는커녕 보정을 하는 것도 불가능했다. 나와 동생은 초죽음 상태가 되어 이 상황을 지켜봤다.

플라는 소장과 수의사가 자기를 해치려 한다고 느끼는 것 같았다. 친숙하지 않은 사람이 자기 공간에 들어온 것만으로도 이미 충분히 무서웠을 텐데, 그 사람이 자기를 제압하려 드니 그렇게 생각할 수밖에 없었을 것이다. 그런 게 아니라고, 우리가 지켜보고 있다고 설명해주고 싶은 마음이 간절했지만, 소리를 내면 플라가 흥분해 다치거나 일을 그르쳐 처음부터 다시 시도해야 하는 상황이 벌어질 것 같아 조심스러웠다. 설사 말을 건다고 해도 플라가 그것을 응원의 의미로 받아들일 것 같지 않았다.

개가 지르는 비명 소리를 이때 처음으로 들었다. 목줄로 제압하는 것이 불가능해져 소장이 양손으로 플라의 얼굴 쪽을 잡았을 때였다. 짧고 날카로운 비명이 터져 나왔다. 개에게선 들어본 적 없는, 분명한 성인 여자의 음성이었다. 동물이 도살되는 모습을 단 한 차례도 목격한 적 없었지만 확실히 알 수 있었다. 그것은 곧 목숨이 끊어질 것을 직감한 개가 자기도 모르게 내지르는 절규에 가까웠다.

말 못 할 참담함이 밀려왔다. 식용견 농장에서 '죽음'을 대면한 숱한 개들이 이런 소리를 내고 스러져 갔겠구나, 생각하니 숨이 제대로 쉬어지지 않았다. 아니, 도살장에 끌려간 모든 동물이 극도의 공포 속에 이런 비명을 지르며 마지막을 맞았을 것이다. 그리고 그 악몽은 지금도 곳곳에서 재현되고 있다.

간신히 플라의 접종을 마치고, 다음은 달리와 갈라 차례였다. 나는 온몸이 수축된 것처럼 기운이 없었다. 그저 남은 두 마리라도 수월하게 해내길 바랐지만 여지없이 두 번의 비명 소리를 더 들어야 했다. 소장과 수의사

가 달리의 장으로 옮겨 간 후, 급히 플라의 얼굴을 살폈
다. 조금 전까지 두려움으로 울부짖던 플라가 나를 보
고 꼬리를 흔들기 시작했다.

# 다시, 동물권

# 동물과 언어

✳

얼마 전 사건사고 기사를 보다가 깜짝 놀랐다. 나이 든
사람들이 도로에서 무단횡단을 하다가 교통사고로 목
숨을 잃는 일이 많다는 내용의 기사였다. 사고로 사망하
는 보행자의 절반 이상이 노인이라는 사실 ✳에 적잖은
충격을 받았다. 그런데 기사 내용 못지않게 나를 놀라게
한 것은 제목에 쓰인 '올드킬'이라는 표현이었다. 올드
킬, 늙은이의 죽음. 이 낱말은 사고를 당한 사람이 무엇
때문에 목숨을 잃었는지, 무엇이 문제였는지는 담지 않
은 채 그저 죽은 이가 '노인'이라는 사실만 말해주고 있
었다. 기사 제목에서 노인에 대한 혐오마저 느껴졌다.

✳ 기사에 따르면 2017년 사고로 사망한 보행자 1675명 중 906명이 노인으로, 전체의
54%에 달한다.

문득 우리가 비인간 동물의 죽음에 습관적으로 쓰는 '로드킬'이라는 단어에 생각이 머물렀다. 올드킬과는 정반대 이유로 폭력적이었다. 로드킬이라는 말에는 '누가' 죽음을 당했는지가 빠져 있다. 죽음만 있고, 죽음을 당한 존재는 없는 것이다. 여기에는 물론 비인간 동물의 목숨을 소중히 여기지 않는 풍토가 반영되어 있을 것이다. 누군가는 죽어서조차 괄호 속 존재가 되어야 한다는 사실이 새삼 뼈아프게 느껴졌다.

'로드킬'이라는 말엔 동물을 죽음에 이르게 한 주체도 생략되어 있다. 동물들을 도로로 내몬 것이 바로 우리 인간이기에, 죽음의 책임도 물론 우리에게 있을 것이다. 과도한 개발은 동물들의 터전을 허물었고, 갈 곳 잃은 동물은 사람이 사는 곳 근처를 기웃거리게 되었다. 먹을 것을 구하려 도심을 배회하다 목숨을 빼앗기는 동물도 부지기수다. 이런 배경을 생각하면, 온갖 세부 사항을 배제한 로드킬이라는 단어가 야속하게 느껴지지 않을 수 없다.

다시, 동물권

고양이를 반려하면서 나는 그간 문제의식 없이 무심코 써온 단어들을 반성해야 했다. 반려 인구 1000만 시대라지만 언어는 달라진 인식을 전혀 반영하지 못하고 있다. 때로 인간의 사고를 앞질러 관장하는 것이 언어라면 언어는 바뀐 인식을 담아야 하는 것은 물론, 선도할 수도 있어야 한다.

먼저 '넣는다'는 말. 비인간 동물에게는 '탑승'을 나타내는 적절한 단어가 없다. 대부분의 반려인은 이동식 케이지에 아이들을 '넣는다'고 표현한다. 동물병원에는 "고양이는 케이지에 넣은 채 대기해주세요"라는 안내문이 붙어 있다. 이 문구를 볼 때마다 나는 내 가족이 사물 취급당하는 것 같아 마음이 안 좋다.

'견주'라는 표현도 일말의 폭력성을 담고 있다. 개들은 그 자체로 완전한 존재이지 누군가의 소유물이 아니어서 인간이 그들의 '주인'일 수 없다. '내가 너의 주인'이라고 생각하는 순간, 지배하고 억압하는 것이 가능해진다. 기분에 따라 귀여워하기도 했다가 마음에 들지 않으면 언제든 내칠 수도 있는 것이다. 시인 메리 올리버는 "나는 풀잎 한 줄기의 지배자도 되지 않을 것이며, 그 자매가 될 것"『긴 호흡』이라고 썼다. 메리 올리버라면 반려동물을 '키우지' 않았을 것이다.

무엇보다 가슴 아픈 것은 동물이 등장하는 비유들이다. 우리는 "도살장에 끌려가는 소처럼 회사에 갔다"는 식의 표현을 별 죄책감 없이 사용한다. 자유롭지 않은 자신의 처지를 한탄할 때는 "닭장 속 닭 같다"고 하기도 한다. "복날 개 패듯 패다"라는 말은 또 어떤가. 그저 관용적인 표현의 하나로 이해하고 넘기기엔 무서우리만큼 폭력적이다. 죽기 직전의 소, 평생을 좁은 공간에 갇혀 사는 닭, 맞아 죽어가는 개의 고통을 한 번이라도 생각해봤다면 이런 표현을 쓸 수는 없을 것이다.

이 글을 쓰는 동안, 동물이 등장하는 비유에 '좋은 것'은 거의 없다는 사실을 깨달았다. 우리는 싫은 것, 미운 것,

보고 싶지 않은 것들을 동물에 빗대고, 거기에 분노를 쏟아 넣으며 살아왔다. 나는 동물들을 좁은 우리에서 못지않게 낡은 비유와 날 선 언어에서도 해방시키고 싶다. 모두가 조금씩 노력한다면 생각보다 쉬울지도 모른다.

# 미디어의 동물 착취에 대하여

＊

동생과 함께 영화관에 갔다가 영화 상영 10분 만에 나온 적이 있다. 소년이 주인공인 성장 영화를 보러 간 참이었는데, 첫 장면부터 지나치게 폭력적이어서 견딜 수 없었다. 주인공 소년이 물고기를 잡은 후 그 물고기를 돌에 내리치더니 아가미를 잡아 뜯고, 얼굴에 침을 뱉는 장면이 나왔다. 잔인무도해서 누구라도 마음 편히 보기 힘든 장면이었지만, 카메라는 그 자리에 붙박인 채 모든 과정을 여과 없이 보여주었다.

이 이야기를 어떻게 받아들여야 하나 고민하는 순간, 신이 바뀌었다. 다음 장면은 소년과 소년의 친구들이

폐차에 새들을 가두고 괴롭히는 것으로 시작했다. 순간 '이후 어떤 내용이 나오더라도 이 영화를 존중할 수 없을 것 같다'는 생각이 들었다. 옆에 앉은 동생을 보니 역시 이미 결심을 굳힌 것 같았다. 우리는 지체 없이 상영관을 빠져나왔다.

감독이 왜 그런 장면으로 영화를 시작했는지는 알 것 같았다. 영화는 두 소년의 사랑을 그리고 있었다. 어린 소년은 자신의 모습이 마뜩지 않고 매 순간이 혼란으로 가득하다. 그러나 다른 소년을 만나면서 무언가를 알게 되고, 조금씩 성장해간다. 영화를 본 이들에 따르면 첫 신의 물고기는 '남과 다른' 주인공이 자기를 투영한 존재였다. 아이의 눈에 못생긴 물고기는 무리에 섞이지 못한 채 겉도는 자신이었고, 미워서 못살게 굴었을 것이다.

하지만 그런 메시지가 아무리 중요하다 해도, 그 과정에서 다른 생명을 수단으로 삼고 학대할 권리가 감독에게는 없다. 그 한 신을 찍기 위해 수많은 물고기가 동원되고 괴로움에 몸부림치다 끝내 목숨을 잃었을 것이라 생각하니, 화가 머리끝까지 치밀어 아무 말도 나오지 않았다. 제아무리 대단한 예술을 하는 사람이라 해도 (예술이 다 뭔가. 그 정의마저 헷갈릴 지경이다.) 다른 생명을 도구로 쓸 자격은 없다.

더욱이 소년의 성장과 사랑을 다루는 영화가 생명에 대한 일말의 존중을 보이지 않는다면 감독이 그리는 세상을 과연 신뢰할 수 있을까? 누군가를 옹호하기 위해 다른 누군가를 배제한다면? 생명을 해치지 않고는 말하고자 하는 바를 전달할 수 없다면? 그건 감독이 게으르거나 자질이 부족해서다. 그럴 리 없겠지만 만일 '예술'을 위해 동물쯤은 얼마든지 희생해도 좋다고 생각하는 사람이라면, 그런 이가 만든 것은 두 번 다시 보지 않겠다.

동물이 인간의 생활공간에 들어오면서 영화나 드라마, 광고 촬영에 동원되는 것을 많이 본다. 이 영화처럼 직

다시, 동물권

접적인 위해를 가하는 경우가 아니라도 동물의 등장을 우려할 수밖에 없는 것은 '촬영 현장'이 어떤 곳인지 모르지 않기 때문이다.

대부분의 동물은 낯선 사람이 많은 곳을 좋아하지 않는다. 친화력이 뛰어난 개들도 처음 보는 사람과 만날 때는 쉽게 경계를 늦추지 못한다. 미디어에 빈번하게 등장하는 고양이는 말할 것도 없다. 고양이는 낯선 환경에 매우 취약하며, 작은 소음에도 스트레스를 받는다. 어두운 곳을 좋아하는 야행성이다 보니 조명 같은 인공 장치도 잘 견디지 못한다. 동물의 의사와 상관없이 그들을 데려와 촬영에 응하게 하는 행위 자체가 착취이자 폭력인 이유다.

우리 사회가 동물을 대하는 방식에 대해 자주 생각한다. 동물은 기쁨과 고통을 모두 느끼며, 개별적인 뜻과 의지를 가진 존재다. 그런데도 인간은 동물이 약자라는 이유로 그들을 원하는 대로 휘두르고 '소비'한다. 아니,

더 정확히 말하면 동물은 '사회적 약자'의 울타리 안으로 들어오지조차 못할 때가 많다. 약자로 규정되는 것역시 구성원들의 합의가 있을 때, 다시 말해 성원으로인정받을 때만 가능하기 때문이다.

세상을 더 나은 곳으로 만들기 위한 움직임이 예술이라면, 달라야 한다. 예술은 작고 약한 생명을 위한 옹호이자 지지여야 한다. 가장 작은 존재가 딛고 의지할 수 있는 부목 같은 것이 되어야 한다고, 나는 믿는다.

목적지까지 가는 과정에서 누군가가 다치고 지워져야한다면, 거기엔 예술이라는 말이 들어갈 자리가 없다.내가 아는 한 배제와 착취는 예술과 가장 먼 단어다.

# 동물병원

✳

나는 지금 동물병원 입원실에 앉아서 이 글을 쓰고 있다. 입원장 앞 보호자용 의자에 앉아 노트북을 입원장에 반쯤 걸친 채로. 앞에는 최근 구조한 고양이 '모리'가 편안한 자세로 낮잠을 자고 있다. 여유로운 시간, 잠시라도 글을 써야겠다 싶어 노트북을 꺼내들었다.

동물들을 돌보며 가장 자주 드나들게 되는 곳이 동물병원일 것이다. 반려동물과 함께 사는 사람은 적어도 1년에 한 번은 접종 시즌에 병원에 들른다. 내 경우 우리 집 고양이들 접종 때는 물론이고, 고양이들 컨디션이 좋지 않을 때, 동네 고양이들에게 먹일 약을 받을 때도 예외 없이 병원을 찾는다. 길고양이를 구조할 경우 기본 검진부터 호텔링에 이르기까지 오랜 기간이 필요하기 때문에 하루에도 몇 번씩 병원을 방문하기도 한다.

동물병원을 고를 때 가장 중요하게 생각하는 것은 물론 담당 수의사의 '진료 역량'이지만, 그 외에도 염두에 두는 것이 있다. 병원이 '보호자 친화적'이어야 한다는 것이다. 병원을 여러 곳 방문해보면 동물병원이라는 곳이 얼마나 인간, 그중에서도 의료진 중심적인 곳인지를 절감하게 된다. 대부분의 동물병원은 돌봄을 받는 동물의 입장을 전혀 고려하지 않는다.

입원실이 특히 그렇다. 아픈 동물이 누울 입원장만 있을 뿐, 보호자가 동물을 돌볼 수 있는 공간은 없는 곳이 대부분이다. 보호자가 면회를 와도 우두커니 선 채 아픈 아이를 지켜보다 돌아가거나 근처에 쪼그려 앉아 대기하기 일쑤다. 최근에 갔던 24시 동물병원은 입원실이 아예 진료실 안에 들어가 있었다. 나는 면회를 하는 내

내 수의사와 얼굴을 마주해야 했고, 이런 상황이 적이 불편했다. 진료실을 통해야만 입원실로 갈 수 있는 구조여서 의료진 눈치를 볼 수밖에 없었던 것이다.

보호자석이 있거나 면회가 가능한 환경이라고 해도 면회 시간에 제한을 두는 경우가 많다. 안정이 필요하거나 전염 위험이 있는 환자인 경우 면회가 제한될 수 있고, 이를 받아들이지 못할 보호자는 없다. 그러나 대개의 동물병원에서 시행하는 면회시간 제한은 의료진의 편의를 위한 장치다.

이쯤 되면 인간과 비인간을 구분하는 우리 사고가 동물병원의 시스템에도 영향을 미쳤다고 생각할 수밖에 없다. 사람용 입원실에는 보호자용 의자가 여러 개 구비되어 있고 심지어 보호자가 환자를 '밤새' 간호할 수 있도록 간이침대도 마련돼 있다는 점을 생각하면, 인간과 비인간의 이 까마득한 낙차 앞에서 아득해질 수밖에 없는 것이다. 우리는 곧잘 '반려동물은 곧 가족'이라고 이야기한다. 그렇다면 인간 가족과 비인간 가족 사이에 무슨 우열이라도 있는 걸까.

비인간 동물을 진료할 때 보호자가 필요한 이유는, 다수 동물이 낯선 사람과 소통하는 것을 어려워하기 때문이다. '낯선 사람'에는 물론 의료진도 들어간다. 아픈 동물의 의사를 정확히 파악하고, 눈빛과 몸짓언어만으로 몸의 상태를 알아채는 사람은 보호자뿐이다. 그렇다면 보호자는 더더욱 아픈 아이의 곁을 지키며 치료의 보조자 역할을 해야 하는 것 아닐까? 그런데도 병원들이 보호자의 면회를 사실상 불가능하게 규정지어놓거나 시간을 제한하는 이유는 뭘까?

내가 만 4년 가까이 다니고 있는 동물병원은 오래된 건물에 위치해 있고 시설도 화려하지 않다. 그러나 입원한 동물과 보호자가 충분한 커뮤니케이션을 할 수 있을 정도의 환경은 제공하고 있다. 진료실과 입원실이 분리돼 있어 보호자가 의료진의 업무를 방해하지 않는 선에서 면회를 할 수 있고, 좌석 역시 넉넉하게 마련되어 있다. 나는 그 의자에 앉아 아픈 아이를 간호하고, 때로는 같이 졸기도 한다. 가끔은 이렇게 글도 쓴다. 그러나 이것을 동물병원 측의 '배려'라고 생각하지 않는다. 오히려 반려동물과 보호자가 누려야 할 당연한 권리라고 생각한다. (심지어 비인간 동물의 치료비는 인간의 것보다 훨씬 비싸다.) 무엇보다 내가 동물의 권리와 관련한 문제에서 후퇴할수록 손해를 보는 것은 아이들이라는 것을, 이제는 확실히 안다.

# 동물 전성시대

✳

코로나19의 확산으로 전 세계가 충격에 빠진 3월 어느 날, 아무도 없는 새벽녘 사무실에서 기사 하나를 보았다. 인적이 끊긴 거리에 야생동물들이 모습을 드러내고 있다는 내용이었다. 칠레 산티아고에 나타난 퓨마는 텅 빈 도심을 활보하고 유유히 담을 타넘었다 한다. 콜롬비아 보고타 주택가에는 여우 한 마리가 출현했다. 여우는 배가 고팠는지 민가 주변을 어슬렁거렸다. 파나마 해변에서는 너구리가 발견됐고, 선박 입항이 끊긴 카르타헤나 만에는 돌고래가 돌아왔다.

기사를 읽는 내내, 고요를 만끽하는 동물들의 모습이

머릿속에서 영상이 되어 펼쳐졌다. 인간이 자취를 감춘 거리를 탐색하는 제왕들. 일부는 무슨 일이 벌어진 것일까 의아해하고, 일부는 해방감에 포효하지 않았을까. 어쩌면 동물들에게 이 상황은 지구에서 인류가 사라진 일시적 유토피아 같은 것이었을지도 모른다. 그러나 이들의 '모험'은 오래가지 못했다. 퓨마는 당국에 붙잡혀 동물원으로 옮겨졌고, 스페인에 나타난 곰은 언제 포획당할지 모르는 처지가 됐다. 사람들은 자신의 영역에 등장한 이 존재들을 달가워하지 않았다.

인간과 비인간의 공존이 그렇게 어려운 것일까? 인간은 비인간 동물을 늘 포획과 착취, 관찰의 대상으로만 여겨왔다. 인간이 동물의 삶을 존중하고 그들이 자신들의 영역을 보존할 수 있게 했더라면, 코로나19가 그렇게 많은 사람의 목숨을 빼앗지 못했을 것이다. 책 『인수공통 모든 감염병의 열쇠』의 저자 데이비드 쾀먼은 개발과 성장만을 추구하는 인류가 비인간 동물의 터전을 빼앗으면서 종간 접촉이 빈번해진 것을 코로나19 확산의 원인으로 꼽는다.

동물의 출현은 인간의 과잉 활동이 그동안 다른 생명을 얼마나 억압해왔는지를 보여준다. 인류가 활동을 멈추자 생태계는 곧 균형 회복을 위해 꿈틀대기 시작했다. 이런 상태가 지속된다면 자연은 생각보다 빨리 제 모습을 찾을 것이고, 떠나간 생물도 돌아올 것이다. 더러워진 공기도 언제 그랬냐는 듯 금세 맑아질지 모른다. 코로나19로 전 세계 경제 활동이 둔화하자 미세먼지가 줄어든 것을 보면 알 수 있다.

코로나19가 가르쳐준 것은 '야생동물을 잡아먹으면 안 된다'는 1차원적 명제가 아니다. 우리의 각성 역시 '동물들의 터전을 파괴해서는 안 된다' 수준에서 그쳐서는 안 된다. 커트 보니것 식으로 말하자면, 우리는 활동을 줄임으로써 '냄새피우는' 것을 멈춰야 한다. 불필요한 움직임을 줄이고, 속도를 늦추고, 자원 소모도 최소화해야 한다. 그럼으로써 다른 존재에 가하는 폭력을 멈

다시, 동물권

추어야 한다. 지구를 인간만이 아닌 다른 생명체와 나눠 쓰고 있다는 사실을 잊어서는 안 된다.

몇 해 전 추석이 떠올랐다. 사람들이 모두 명절을 쇠러 떠난 그날, 우리 동네 길고양이들은 해방감을 만끽했다. 평소엔 사람들 눈을 피해 숨어 다니기 바쁘던 '아리'는 컨테이너 밑으로 다리를 삐죽 내민 채 낮잠에 빠져 있었다. 동생과 내가 밥을 들고 가까이 다가가 불러도 깨지 않았다. 그 평화가 너무 달콤해서, 우리는 한참 동안 아리 옆을 지키고 앉아 있었다. 그때 깨달았다. 사람들은 어디론가 떠나도 고양이와 새, 곤충은 그 자리에 남는다는 것을. 머무르고 지키는 것은 늘 인간이 아닌 다른 존재의 몫이었다는 것을. 그럼에도 인간이 땅의 주인임을 자처한다는 것이 우습게 느껴졌다.

재개봉한 '라이온 킹'은 그런 맥락에서 내게 특별한 영화였다. 처음 '라이온 킹'을 보러 갈 때만 해도 큰 기대는 없었다. 그저 '진짜 동물'이 나오지 않는 동물 영화를 보고 싶은 마음이 다였다. 그런데 동물들이 차례로 등장해 마구 섞여 뛰노는 오프닝 신에서 나는 그만 엉엉 울어버리고 말았다. 그 장면이 한없이 눈부시고 경이로워서. 현실에선 볼 수 없는 모습을 영화가 재현해준 것이 고마워서. 가까운 미래에 그런 광경을 볼 수 있을까? 아마도 사피엔스 종이 모두 절멸하지 않는 한 그럴 수 없을 것 같다.

# 어떤 동물은 더 평등하다*

❋

사례 1

올해 초, 인간이 친 그물에 걸려 한쪽 발이 잘린 바다거북에게 태국 연구진이 의족을 선물했다. 이 거북이는 '인공 지느러미발'을 달고 다시 헤엄칠 수 있게 되었다.

사례 2

지난해 차도를 지나는 오리 가족을 본 경찰은 왕복 10차로를 긴급 통제했다. 길 가던 운전자들도 일제히 차를 멈추고 오리 가족의 이동을 지켜보았다. 덕분에 어미 오리와 새끼 14마리는 무사히 대로를 건널 수 있었다.

❋ 조지 오웰의 소설 『동물농장』의 한 대목, "모든 동물은 평등하다. 그러나 어떤 동물은 다른 동물보다 더 평등하다"를 인용했다.

동물과 관련한 미담 기사를 자주 접한다. 위험에 처한 동물을 누군가 구해준 이야기, 불편을 감수해가면서 동물의 안전을 지켜준 고마운 사람의 이야기 등. 그러나 이런 이야기를 보고 들을 때마다 가슴 한구석은 쓰리다. 누군가는 의족을 선물로 받을 때, 누군가는 거북이탕이 된다는 사실을 떠올리지 않을 수 없기 때문이다. 어떤 오리가 경찰의 에스코트를 받으며 길을 건널 때, 다른 오리는 생살을 뜯기고 점퍼가 된다.

우리는 동물에게도 위계를 적용한다. 동물을 임의로 분류하고, 인간의 필요에 따라 이용한다. 인도식 카스트 제도를 동물에게 적용한다면 어떤 모양일까 생각해본 적 있다. 아마 계급의 가장 아래 층에 위치하는 동물은 쥐겠지? 쥐는 인간의 온갖 박해와 화, 멸시를 한 몸에 받는다. 지구에 바이러스가 퍼져도 쥐 때문, 곡식이 상해도 쥐 때문이다. 쥐와 같은 계급에 속하는 동물로는 멧돼지를 들 수 있을 것 같다. 이들은 존재 자체만으로 해악이다. 사람 눈에 띄자마자 사살당하고, 때론 그 죽

다시, 동물권

음이 조롱거리가 되기도 한다.

그다음 계급을 차지하는 건 소나 닭, 돼지같이 '음식'으로 분류되는 동물일 것이다. 우리나라 같은 곳에서는 일부 개들도 이 계급에 들어간다. 이들은 '식용견'으로 분류된다. 비둘기처럼 '밉상'으로 찍힌 새도 여지없이 이 계급 소속이다.

그보다 한 계급 위에는 개나 고양이 같은 반려동물이 있다. 이들은 동물치고는 계급이 높은 편이고, 종종 인간과 비슷한 대접을 받기도 한다. 그러나 대개의 경우 대상화의 늪에서 벗어나지 못한다.

잠깐, 요즘이 어느 시대인데 반려동물이 가장 위 계급 아니냐고? 천만의 말씀. 맨 위층의 주인은 따로 있다. 나는 이들이 천연기념물로 분류된 동물이라고 생각한다. 멸종 위기에 놓인 이들은 보호 대상 1순위다. 환경부 분류에 따르면 늑대와 산양, 반달가슴곰은 1급, 담비

와 물개, 하늘다람쥐는 2급이다. 개체수가 부족하면 부족할수록 더 위 '등급'을 받는 것이다.

그렇다면 멸종 위기 1급인 늑대와 피라미드의 가장 아래층에 놓이는 쥐의 차이는 무엇일까? 두 동물 사이에 본질적인 차이가 있을까? 더 말할 필요도 없이 그런 것은 없다. 인간이 동물을 제 방식대로 규정하고 분류해 값어치를 매긴 것뿐이다.

우리가 멸종 위기종을 지정하는 이유는 위험에 처한 동물에게 더 많은 관심을 기울임으로써 멸종이라는 최악의 사태만큼은 피하기 위해서다. 한 동물이 사라지는 것을 막음으로써 다른 동물이 연쇄적으로 위기에 처하는 것을 방지하려는 목적도 있다. 당연히 이 모든 일의 끝에는 '동물'이 있어야 한다.

때때로 멸종 위기에 있는 동물을 구한답시고 정부가 그 포식자를 제거하는 것을 해결책으로 내놓는 것을 보면 가슴이 답답하다. 그리고 궁금해진다. 사람들이 멸종 위기 동물을 보호하려고 하는 진짜 이유가 무엇인지.

'학습표본' 확보 차원에서 몇 안 되는 개체라도 남기기 위해? 동물원에 가둔 후 구경거리로 삼기 위해? 그것도 아니면 인류가 다른 종을 향한 일말의 동정심을 가지고 있다는 사실을 스스로 가상히 여기기 위해서? 도무지 모르겠다. 오늘도 숱한 동물이 위기의 늪으로 빠져 들어가고 있지만 인간들은 팔짱 낀 채 방관하고 있으니.

# 겨울을 좋아하세요?

✳

나는 원래 겨울을 좋아하는 사람이었다. 누군가 좋아하는 계절을 물으면 두 번 고민 않고 겨울이라 답했다. 차가운 겨울바람을 맞으면 정신이 예리해지는 것 같은 느낌이 들었고, 마음도 맑아지는 것 같았다. 무엇보다 겨울에는 내가 태어난 날과 크리스마스가 있었다. 나는 '이지적인 겨울 여자'의 이미지를 상정하고 그것을 내게 덧씌우길 즐겼다. 마음속으론 내가 태어난 계절을 좋아해야 한다는 모종의 강박을 느끼며.

여름도 좋아했다. 더위를 아예 타지 않는 편은 아니었지만, 삐질삐질 땀을 흘리면서도 여름이 싫지만은 않았다. 태양 아래서 한바탕 땀 흘리고 나면 정신의 불순물이 빠져나가는 것 같달까. 수분은 날아가고 소금만 남는 바다처럼 하얗게 정제되는 그 느낌이 좋았다. 무엇보다 여름은 활기 넘쳤다. 20대의 어느 8월, 친구들과 떠났던 거제도 여행을 오랫동안 잊지 못했다. 무더위에 지친 친구들이 아무 말도 하지 않고 걸을 때, 나는 홀로 콧노래를 부르며 여기저기 뛰어다녔다.

그러나 이제 나는 겨울과 여름을 좋아한다고 말할 때 주저하는 사람이 되었다. 물론 동물들 때문이다. 동물들을 돌보며 여름철 더위와 겨울철 추위를 피할 수 없는 존재가 있다는 사실을 알았고, 그들 앞에서 내 기호가 폭력일 수 있다는 생각을 하게 됐다.

숨이 턱 막히는 곳에서 밀집 사육되는 돼지와 닭, 뙤약볕에 물도 없이 잔반으로 끼니를 때우는 개들에 대한 생각은 시간이 흐르면서 차츰 다른 곳으로도 뻗어나갔다. 나와 멀지 않은 곳에 있는 사람 중에도 겨울과 여름을 버티듯 통과해야 하는 이들이 있었다.

2년 전 겨울, 연극 공연을 보기 위해 서계동 국립극단을 찾은 날이 기억난다. 동생과 나는 1호선 전철을 타고 서울역에서 내렸다. 역을 빠져나와 횡단보도 앞에 섰는데, 바로 옆에 홈리스로 보이는 중년 남성이 앉아 있었다. 그 앞에는 작은 바구니가 하나 놓여 있었다. 바람이 너무 차가워 밖에서는 대화조차 아끼게 되는 날씨여서 그가 얼마나 춥고 절박할지가 그대로 전해졌다.

그 순간 내가 느낀 감정은 이전에 내가 홈리스 남성을 보며 느끼던 것과는 거리가 멀었다. 동생과 눈이 마주쳤고, 나는 우리가 같은 생각을 하고 있다는 것을 알았다. 지갑에서 지폐 몇 장을 꺼내 조용히 바구니에 내려놓고 길을 건너왔다. 그날 공연을 보면서 나는 바깥에 앉아 있을 그 홈리스 남성을 몇 번 생각했다. 그는 그 길밖에 별다른 도리가 없었을 것이다.

다시, 동물권

'별다른 도리가 없었을 것'이라고 썼지만, 부끄럽게도 이렇게 생각하게 된 지는 오래되지 않았다. 홈리스들을 볼 때면 그들 스스로 할 수 있는 일이 있을 텐데, 책임을 방기하며 살아간다고 생각했던 것이 사실이다. 그러나 누가 감히 타인의 삶을 안다고 말할 수 있을까. 그 누구도 삶을 시작부터 내려놓지는 않는다. 세상 어디에도 '잘' 살고 싶지 않은 사람은 없다.

얼마 전 읽은 책 『나는 숨지 않는다』에는 홈리스 생활을 하고 있는 70대 여성 김복자 씨 인터뷰가 실려 있다. 1949년에 태어난 그는 50대 초반부터 거리에서 생활하며 오랜 기간 폐지를 주웠다. 어린 시절 어머니를 때리는 양아버지를 피해 집을 나온 이후 단기 일자리를 전전했고, 자연히 떠돌이 생활을 하게 되었다. (이 책을 읽은 사람이라면 이 자리에 '자연히'라는 부사가 들어가는 데 의문을 제기할 수 없을 것이다.) 일자리와 일정한 거주지가 없는 여성이 선택할 수 있는 것에는 뚜렷한 한계가 있었다.

김 씨는 그러나 자기가 세운 삶의 원칙만은 지키려 노력했다. 내가 책을 통해 상상한 그는 성실하고 신의를 중요하게 생각하며, 지저분한 것을 참지 못하는 사람이다. 다만 그런 그에게도 견디기 어려운 것이 있다면, 그건 계절일 터였다.

김 씨는 겨울철에는 아파트나 호텔 화장실에 들어가 잠깐씩 몸을 녹이고, 여름철에는 근처 의자에 앉아 바람을 쐬며 더위를 식힌다고 했다. 김 씨 동료 중에는 고시원에서 사는 사람도 있지만 방이 없는 사람도 많다. 김 씨가 아는 사람 스무 명 중 열 명은 방이 없다.

집이 없는 이들에게 여름과 겨울이 어떤 계절일지 이제 나는 가늠할 수 있다. 다만 여전히 그 구체적인 모양을 알 수 없다는 데 내 한계가 있을 것이다. 그 한계를 조금씩 깎아 둥글게 만들어보려는 노력이 삶일지도 모르겠다고, 오늘의 나는 생각한다.

동물들의 겨울과 여름에 대해 알게 된 지금에야 나 아닌 다른 이의 계절을 상상해본다. 약자를 위하는 마음은 또 다른 약자를 생각하는 마음과 연결되고, 확장된다.

맺는 글

이 책을 쓰는 동안 자주 약속을 어겼다. 스스로 정한 마감 기한을 지키지 못할 때가 많았고, 한 달가량은 쓰기를 아예 중단하기도 했다.

도움이 필요한 동물들이 계속 보였고, 그럴 때는 글을 쓸 수 없었다. 물리적인 시간도 부족했거니와 마음의 여유도 없었다. 책상 앞에 앉을 수 있는 건 늘 '구조 이후', '치료 이후'였다. 글쓰기가 크게 어렵지 않았던 건 어쩌면 그래서인지도 모르겠다. 읽고 쓸 수 있다는 건 당장 힘든 아이가 없다는 뜻이니까.

철저하게 경험을 중심으로 쓴 책이라 부족한 것이 많다. 동물을 더 알고 싶은 독자에게는 이 책이 불친절하게, 이미 많이 아는 독자에게는 체계적이지 못하게 느껴질지도 모르겠다. 다만 나로서는 쓸 것과 쓰지 않을 것을 선택해야 했다. 적어도 내가 하는 모든 이야기가 내 삶에서 나온 것이기를 바랐다.

책을 읽은 독자들의 관심이 동물과 동물권을 다룬 다른 책들로, 그리고 끝끝내 주위 동물들에게로 이어지면 좋겠다.

여전히, 모든 동물이 구원받을 날을 꿈꾼다.

# 추천사

◆ ＊ ✢ 김금희

◆ ＊ ✢ 정세랑

◆ ＊ ✢ 박정민

여기에는 캣맘으로서 사회부 기자로서 책을 읽고 쓰는 작가이자 배우들의 다정한 친구로서 살고 있는 한 사람의 삶이 오롯이 담겨 있다. 우리가 무심히 지나치는 풍경 속에 엄연히 자리하는 약자들을 더 이상 모른 척하지 않기로 결정한 사람의 용기가 읽는 내내 마음을 흔든다. 자신이 벌이는 분투들의 무게를 과장하지 않고 최대한 작고 겸손한 언어로 기록해 '비인간 동물'에 대한 존중과 사랑이 식물의 홀씨처럼 세상에 멀리 날려가기를 바라는 마음. 그 곡진한 태도와 성찰은 욕심과 물신주의에 물든 일상의 패턴을 바꾸고 생명을 지닌 존재들이 누려야 할 세상의 정당한 지분을 마련하기 위한 소중한 출발점이다. 저자가 추운 날 새벽에도 어김없이 일어나 길 위의 존재들을 위해 마련해놓는 따뜻한 물 한 그릇처럼, 황망한 마음으로 거리를 서성이는 날들을 통과해 겨우 어른이 된 모두에게 이 책이 반가운 온기로 남으리라 믿는다.

김금희 작가

몇 달 동안 밥을 챙겨주었던 고양이가 있었다. 시계가 없이도 시간 약속을 지킬 줄 아는 친구였다. 어느 날 그 고양이가 영원히 돌아오지 않았을 때 마음속에 작은 무덤이 생겼다. 자매와 함께 열다섯 곳이 넘는 길고양이 밥자리를 챙기고 있는 박소영 작가에겐 얼마나 많은 생채기가 있을지 상상할 수가 없다. 작가의 눈길은 길고양이에서 주유소에 묶여 방치된 개에게로, 더운 겨울 때문에 겨울잠에 들지 못한 너구리에게로, 쓸개즙을 채취당하다 버려진 곰들에게로 점점 멀리 가 닿는다. 인간이 아닌 생명들에게, 그 생명들을 위해 슬퍼하는 사람들에게 세계는 참혹하기만 하지만 이 압도적인 슬픔은 어쩌면 변화의 촉매제가 될지도 모르겠다. 정치학자 에리카 체노웨스는 비폭력적 저항을 하는 인구의 3.5퍼센트로도 기존 시스템을 바꿀 수 있다는 연구를 내놓았는데, 박소영 작가야말로 그 3.5퍼센트에 속하겠구나 확신하게 되었다. 아물지 않는 마음을 안고도 가보지 않았던 방향으로 걷는 이들을 있는 힘껏 응원한다.

정세랑 작가

살리는 이, 박소영

박소영 기자를 알게 된 건 10년이 조금 안 된 어느 봄날이었다. 당시 그녀의 관심사는 보통 책과 영화 그리고 공연과 배우였던 것으로 기억한다. 가슴속 깊이 품어온 아티스트를 인터뷰하는 날이면 전날부터 아이처럼 설레했고, 의도치 않게 좋은 사람을 만나게 되면 역시나 아이처럼 그이의 칭찬을 늘어놓기도 했다. 그렇게 친구가 되었고, 그녀는 가끔씩 삶에 아파하는 나에게 책과 영화, 무엇보다 열린 귀로 위로를 선물하는 사람이 되어주었다. 그리고 난 어느 순간부터 소독약처럼 이 기자를 찾았다.

박소영과의 연락이 그전보다 뜸해졌을 무렵, 나는 또 한 번 어떤 상처로 그녀를 불러냈다. 메신저의 친구 목록을 훑어 내려 그녀의 이름을 찾았고, 프로필은 그사이 고양이 사진으로 바뀌어 있었다. 고양이들을 구하고 있다고 했다. 그저 '길고양이에게 밥을 주는 사람이 되었구나' 정도로 생각했는데, 그녀의 분위기는 그전과 사뭇 달라져 있었다. 흡사 진이 모조리 빠진 사람의 그것이었다. 좋아하는 감독을 만나러 간다며 설레하던 박소영 기자는 온데간데없었다. 그녀

245 추천사

의 지금이 궁금했다. 과연 어떤 하루를 뒤로 보내며 살고 있는지 듣고 싶었다. 지금껏 내가 해오던 궁상맞은 이야기들 말고, 당신의 지금이 궁금해서 몇 꼭지의 글을 부탁했다. 글 속의 삶은 예상보다 전투적이었다. 그녀의 속은 늘 시끄러웠고, 자주 절망했다. 이 이야기를 좀 더 많은 이에게 들려주고 싶다는 생각이 들었고, 책을 만들어보자는 조심스러운 제안을 건넸다.

박소영 작가는 보통 마감이 늦었다. 동물 구조와 글을 동시에 진행하기 어렵다는 게 이유였다. 원고가 모아지고 나서야 그 말을 이해할 수 있었다. 그녀는 동물을 구조하고 보살피는 데 모든 것을 쏟아붓고 있었다. 진심을 다했고, 많은 것을 포기했다. 한겨울 새벽 같은 이 작가의 고단함에 가끔은 내 가슴이 조이는 것 같았다. 당신의 삶에 당신은 어디 있느냐고 묻고 싶었다. 왜 그렇게까지 하느냐고 다그치고도 싶었다. 결국,

"박 작가님, 행복해?"

라고 물었고,

"아니."

라는 답이 돌아왔다. 행복하지 않은 일을 꾸준히 해나가는데는 분명 그것을 상쇄할 만한 무언가가 있기 마련이고, 난 그것이 그녀의 사명감이라고 생각한다. 기자가 된 것도, 동물들을 구조하는 것도, 이렇게 글로써 그들의 권리를 주장하는 것도 비록 작은 목소리일지언정 우렁차게 질러보겠다는 사명감. 내가 왜 그녀를 소독약처럼 찾았는지 알 것 같았다. 자신을 내어주고 남을 구하며 얻는 그 작은 안도가 그녀에겐 소중했을는지 모른다. 작지만 밝게 빛나는 그녀의 진심과 행동을 난 사람들에게 알려주고 싶었다.

그녀의 진심과 행동에 남김 없는 지지를 보낸다. 여태껏 오만했던 인간들이 이제는 갚아야 할 시기가 왔고, 박소영 작가와 같은 사람들이 그 빚을 먼저 갚고 있는 것이라고 생각한다. 이 작은 실천은 결국 인간들이 해내야만 할 숙제고,

언제나 그랬듯 우리는 숙제를 잘 해결할 것이라는 걸 박소영 작가를 보며 위안한다.

이름을 찾지 못해 '제목 없음'의 '무제'로 이름 지은 출판사의 첫 책이 박소영 작가인 것에 감사한다. 그녀로 인해 '무제'는 이 사회에서 소외된 무언가를 찾아내기 위해 꼼꼼히 눈을 돌릴 것이다. 남몰래 쓸쓸히 아파하는 존재들을 위하는 마음. 그 소중한 마음을 깨우쳐준 작가의 글에도 감사를 보낸다.

끝으로 '무제'를 여는 데 용기를 주신 열린책들의 홍유진 이사님과 책과 밤, 낮의 곽지훈 사장, 그리고 이 책『살리는 일』을 펴내는 데 기여해주신 이현숙 선생님과 석윤이 디자이너님께도 진심으로 감사의 말씀을 올리는 바다.

박정민

# 살리는
# 일

© 박소영, 2020

초판 1쇄 발행 2020년 12월 15일
초판 5쇄 발행 2022년 9월 19일

지은이  박소영
펴낸이  박정민

디자인  석윤이
교정·교열  이현숙

제작처  상식문화

펴낸곳  출판사 무제
등록번호  제2019-000294호
이메일  muzepublish@gmail.com
대표전화  02-3144-2537  팩스  02-3144-2532
인스타그램  @muzebooks

ISBN 979-11-972219-7-2 03810